风中草

潘肖珏 ◎ 著

上海三联书店

很多年后我们会回眸这样一位苦难与精彩的奇女子：

与癌细胞的马拉松肉搏，与股骨头坏死的绝望对峙，与冠心病的朝夕怒怼——任何时候，她致胜的秘密是：心中没有一刻放弃过"诗与远方"。

诗，是这样神性的伟大。谓予不信，请把《风中草》打开。

——《新民周刊》主笔、教授、作家

胡展奋

我和潘肖珏认识近30年，知道她坎坷的人生，感佩她不屈的抗争，了解她丰富的才学。这次看到诗作问世，意料之中，一睹为快。

这是一株快乐的忘忧草，迎风屹立，向阳而生，送她一点阳光就灿烂，给她一点雨露就茂盛，就这样绽放光彩，就这样美丽辉煌。

这是一株吉祥的灵芝草，藏于深山，扎根大地，逆境生长几十年，带着泥土的芳香，给人们带来安康和信心，助人们送走疾病和灾难。你闻闻这本小小的诗集，里面分明有小草的清香，你打开这本小小的诗集，里面蕴藏着生活的真谛。

——复旦大学EMBA学术主任，企业管理系教授

包季鸣

真正的诗意人生，是在经历磨难之后依然有那样的心境、情怀与激情。这是对人生的深刻感悟，这是对社会的极致洞察，这是对自我的完美超越，这是对价值的高度升华。

潘肖珏教授的诗，在方寸间见气度，在风雅中显视界，能使人感动，更能使人感悟，这不光是依赖她的过人才华，也仰仗她的丰富阅历，更源自她的非凡境界。值得细细品读，更值得用心倾听。

——上海交通大学中国企业发展研究院院长、教授、博导，全球十大品牌领袖奖获得者

余明阳

诗，是人类最灵性的语言，是人类最浓郁情感的唱颂。接二连三的大病没有打垮潘肖珏老师，而是成为她人生成长道路上的"疾风"，让这棵原本寻常的"草"，根扎得更深，身摆得更灵！

——上海人民广播电台首席主持人，全国广播电视主持人金话筒奖得主

秦畅

一切磨难都是历练，以更年轻的心态，绽放破茧重生的精彩：多少"疾风"，十五年来举重若轻，一一化解，她实乃"劲草"。

打开《风中草》吧，相信此诗集会给予读者振奋的力量。

——上海中医药大学附属龙华医院中西医结合乳腺科主任
秦悦农

目录

写在前面的话：回家

一、深味景物

二、沐浴真情

写在后面的话：到家了吗

序一

苦难与精彩

因为一次又一次地越过死亡线，更因为电台电视台一次又一次地热播，潘肖珏在上海几乎是个家喻户晓的传奇。

是的，至少在上海，有一个熟透的说法：潘肖珏是"苦难与精彩"的传奇。

我因此曾对潘肖珏开玩笑：叫你潘意外吧！

因为苦难与精彩，她这辈子的意外实在太多。婚姻生活的两次离异，于她固然是痛苦的意外，朋友们也都觉得意外。但每次挫败后又总能奋发地生活，而且快快乐乐地前行。她自己觉得意外，周围人也觉得意外。

从 2005 年至 2010 年的五年，三次突发性重大疾病的打击，对她更是意外：HER—2 强阳性乳腺癌；双侧股骨头坏死；冠心病。

每次医生都告诉她预后不好，但每次她都能重新走出泥淖——3次重症，2次"绝症"——又每每让大家感到意外。

她让人意外的还很多。

HER—2强阳性乳腺癌，她居然拒绝放化疗；双侧股骨头坏死，她居然拒绝置换人工关节……

重病后，她的书却不断地出，而且每本都热卖，《女人可以不得病》《我们该把自己交给谁》《冰河起舞》《自然医学概论》，15年间由大学公关学教授一变为沪上著名的养生学学者，演讲与讲座频频出镜，线上读书会，线下旗袍队，常年领衔主持……

然而最令人意外的是她这本新书，诗集《风中草》。

打开前，说实话，对她写诗也很意外：以前没怎么听说她写诗，会不会是当下流行的"分行的散文"呢？诗，是少年的事。年届七十赋新诗，难道也为赋新诗强说愁？

我记得我微笑地摇着头，但渐渐地不再微笑，不再摇头。她是认真的。她没有滥用我们的信任。且看开卷第一首《风中草》——

它来了/如此迅猛/如此嚣张/如此狰狞/卷走平

静/撕碎色彩/把大地杀声抖动

　　我被它/忽左忽右/忽前忽后/似乎即将/抖进车轮下/抖入苦海里/臂断腰折/万劫不复

　　不/我让信念/扎入地下/深深地——扎——下/深深地——扎——下/倔强的弯曲的身体/留下了它的形状

　　一首短诗。俨然是狄金森式的凌厉与果决，阿赫玛托娃式的借物喻情与内心告白，虽然她早年读的是汉语言专业，但中文专业并不自动地让人会写诗。问题是，如果《风中草》仍不能以它诗性的力量席卷我们，震撼我们，那么，要么是我们根本不懂诗，要么诗还有我们完全不知的陌生的定义。

　　诗在线上发表后，有人这样评论：这棵风中劲草，如同一个孤身奋战的勇士，面对千军万马，"虽千万人吾往矣"！

　　又有人说："何尝不是作者的自画像呢，予谓不信，拜读过作者另一著作《冰河起舞》便可释然，作者的前半生，曾罹患多种疾病，摆脱癌症已属不易，最不可思议的是凭独自的坚毅和智慧，战胜医学无解的股骨头坏死的顽症，直教人叹为观止。每每见她乌发皓齿，丰采亮丽，尤其是亲聆她演讲，视觉、听觉无不为之折服。

常寻思她何来如此的力量？诗的尾阙——'我让信念扎入地下'，应该就是答案。"

是的，它"深深地——扎——下"！

小草的体格，大树的气魄。如果说，就像李清照的《夏日绝句》"生当作人杰，死亦为鬼雄。至今思项羽，不肯过江东"——女人一旦写男人则比男人还男人的话，那么潘肖珏真要写女人，自然也会极尽缠绵之悱恻，且看一首小诗——

我用手按住云

我用手按住云/在衣袋里/因为风来了/它俩相遇/不是一场恋爱/我必须等待/等待最合适的/我立马会把云/从衣袋里放走/云/就有了灿烂的花纹/那是太阳/太阳羞涩地/躲在云的背后

看到这里，你会觉得是一个古稀之人所写的吗？至少我的感觉，诗中直接就是少女情怀。把云按在口袋里，如同一个女孩捂着自己的小秘密，多么奇谲的想象！而太阳与云的邂逅，那照彻云霓的刹那，又是多么和谐、绚烂的画面！

我同意这样的评论：小诗寓意了一个人间真理。不和错的人告别，就无法和对的人相遇。

而下面这首，尽管"暧昧"，但是猜它，也无妨一种阅读的乐趣。

勾魂

不知道/什么时候开始/我必须/枕着你睡觉/分分秒秒

无线的/移动的/不是你的内心/我的鼾声/我的脉动/

填满了你……

是别人"勾"她，抑或她"勾"别人？孜孜于含蓄的她，这次为什么是直露的"勾"，而不是其他？

再看她一首小诗：《星星找我谈话》

星星点灯/在夜幕上/我被呼唤谈话/在灯下/你准备出行/是的/去哪儿/诗和远方/为什么不带水/我能鼎起露珠/为什么不带粮食/腹有诗书/为什么带半张旧照/一半留给岁月/一半留给永恒/你不是流浪者/是——不是

小诗用拟人的笔法，与"星星"展开一场对话。在一个高蹈的夜晚，在一次灯下的遐思。题目略带俏皮的夸张，而一句"我能鼎起露珠"，足显"风中草"的倔强，"腹有诗书"则尽显"风中草"的自信。人生的"路浪向"，行囊可以空空，自负不能没有。

苦难与精彩。诗与远方。很多人都寻找"潘肖珏传奇"的答案。我忽然觉得，我找到了。当别人因苦难而沉沦时，她往往因苦难而精彩，亦即苦难于她是正邪并存的混生矿，只有"深深——扎——入"的"风中草"才能转为正能量，转为反推力，转为荷尔蒙，转为井喷前嘶嘶奔突的水汽合唱。

一种强烈的希冀自己在社会生存中恢复被剥夺的地位的愿望，常使女性作家在自己的创作中，把以往被压抑的女性的全部天性、情感、渴望和心绪尽情地宣泄出来。也许当初她们并未自觉地意识到这种愿望所连带的关于诸如人的价值的选择和判断，将在未来社会的发展中成为一组关于人的本体研究的深刻的哲学命题，但是她们确确实实地感觉到了这种自我意识的复苏与高张。

很多年后我们会回眸这样一位奇女子——

与癌细胞的马拉松肉搏；与股骨头坏死的绝望对峙；与冠心病的朝夕怒怼——任何时候，她致胜的秘密是：心中没有一刻放弃过瑰丽、绚丽与壮丽的"诗与远方"。

诗，使她永不放弃。

是的。诗，是这样神性的伟大。谓予不信，请把《风中草》打开。

胡展奋

2020 年夏至于上海

序二

疾风与劲草

与潘肖珏教授（我习惯称呼她潘老师）认识已经十五个年头了。最初时，因为身患乳腺癌，潘老师是作为我恩师陆德铭教授的病人。然而，陆教授从一开始就告诉我，这是一位"特殊"的病人，慢慢地，我越来越理解这个"特殊"的含义。潘肖珏老师是一位不走寻常路的病人，一位把握着自己生命走向的顽强女性。乳腺癌只是她病痛中的一部分，还有双侧股骨头坏死，还有心脏疾患……潘老师硬是闯出了一条生路，令朋友们为之动容，也令医者为之惊诧。

记忆中，潘老师的奋斗一直没有终止，自言患病以后"跑步进入医学界"的潘老师，从患病初期的查资料看文献提建议，为自己量身定制"个体化"的治疗方案，到后来在上海人民广播电台《活到 100 岁》和东方广播电台《名医坐堂》等节目分享很多成功的治病经验，再出版了与命运抗争的个人系列书籍《女人可以不得病》《我们该把自己交给谁》《冰河起舞》等等，并创建了粉玫瑰公益组织，主办读书会，领衔旗袍模特队等等，直至最近新冠疫情下组织的《关注免疫，学医自救》大型线上公益直播课程，从而惠及了更多的女性患者以及对健康有追求的普通老百姓，真可谓演绎了"自利利他"的完美过程。

如果说作为"汉语言文学"专业的毕业生，潘肖珏老师出版个人历程的书籍算小菜一碟；以及作为公关教授，潘肖珏老师组织各类会议和公益活动，似乎也是驾轻就熟的东西。如果说潘肖珏老师经历了现代医学的双乳切除手术，然后开始研究中医学、针灸推拿气功、自然医学、食疗养生等等，这些都属于学医自救的范畴，但是，在 67 岁的年龄开始写诗，仍然令周围的朋友们捏着一把汗。

应潘肖珏老师之邀，为《风中草》诗集作序，我同样诚惶诚恐，毕竟我只是一名医者，并没有跑步进入文学界。作为从医近 30 年的我来说，显然更为关注"疗愈疾患"这章节。诗歌与疾患，真的可以和谐相处吗？

虽然我预估了潘老师的诗歌绝不会消沉，但古稀之年赋的诗究竟又会怎样的昂扬？

急急阅读《好乳一把》：白色的绷带底下/一对明月/陨落了/陪伴了我 55 年/胸前的遗址/卧着两条"铁轨"/成了"飞机场"女人/窗边的麻雀跑来/哭了好大一阵/为这病房的唯一（叙述），我/欲哭无泪/思绪冲出天花板/追寻她/豆蔻之年……/二七之年后……/史上陈大才子云……/泪崩──……/动容──……/销魂──……（回忆）/问号──手术刀终于永远夺走了她/没有了她/还是女人吗/这世界是不是/没有女人只有乳房/天花板不回答/麻雀不哭（感慨）。

作为乳腺专科医生 20 多年，我想没有任何女性得知乳房被切除是不伤心的，多少女性因为失去乳房而自卑，多少婚姻因为妻子失去乳房而终止。诚如潘老师自析，打开心结的前提是必须直面自己，"人生如逆旅，我亦是行人"。于是，我明白了，能不避讳地作诗于双乳，自称"零乳房女人"的潘肖珏老师早已经直面自己，直面人生，不再拘泥于种种过往，种种痛楚……内心无比强大的人，怎会活得不精彩？

相较于现代医学的强大，潘老师从不吝啬赞美传统医学的伟大，再读这首《恁》：你/可能不认识我/但你/一刻也离不开我/在你/成为小蝌蚪的那刻/注定/你离不开我/母亲的"卧室"/你躺了十个月/没有我/你/无法面世/呱呱坠地/咿呀学语/蹒跚童年/青涩少年……/你的光阴/或蹉跎/或辉煌/不离不弃的/是我/可当你/消费了我/过度过度/再过度/终有一天/油快枯了/灯要灭了/你会/喘着粗气/拼命找我/满世界地找我/全地球地找我/命门神阙/内关外关/终于/在关元/找到了我/一个奄奄一息的我/从此/你会宝贝我/因为/没有了我/也就没有了你。

"炁",无火之气;"元炁",产生和构成天地万物的原始物质。我想正是潘老师认识到了这一种神秘的力量,才来提醒世人要呵护自身的"炁",向世人传播更为健康的生活方式,这也是参悟了作者对自然的敬畏,对生命的敬畏。看《黄帝内经》的这段,"其知道者,法于阴阳,和于术数,食饮有节,起居有常,不妄作劳",看潘肖珏老师的种种行为,不正是明白了(知)"道"的那个人吗?

而《死亡那些事儿》这篇则是将生存与死亡这一话题展开,如果没有对生命的执着,没有向死而生的经历,又何能妄谈生死?于是,我真正领悟了潘肖珏老师的境界,一切磨难都是历练,以更年轻的心态,绽放破茧重生的精彩……只有这般归来仍是少年的心境,才能抒发赋诗的情怀吧。Her-2强阳性乳腺癌、双侧股骨头坏死、心脏疾病，可谓"疾风"，十五年来举重若轻——化解，潘肖珏老师实乃"劲草"。我想，作者起名为《风中草》诗集正是此意吧。

这十多年来，我与潘肖珏老师早已不是医患关系，正如我恩师陆德铭教授所言，就潘老师成功治愈自己的"个案"来讲，或许很难简单地推而广之，但是，观察潘老师的行为，总结潘老师的精神，能对其他病人起到极大的鼓舞作用。

打开《风中草》吧，相信此诗集会给予读者振奋的力量。

秦悦农

2020 年仲夏

写在前面的话： 回家

我本出身于"汉语言文学"专业，但鲜有赋诗作文的天赋，根植的基因却是哲学、形式逻辑和《资本论》，阴差阳错啊！

立于高等学府的三尺讲台，三十余载。摘了几顶桂冠：《公关语言艺术》《企业文化教程》《CIS企业形象策划》《品牌战略》《商务谈判与沟通技巧》《体育公共关系》和《体育广告策划》。

而今，进入"不逾矩"之年，想回家了，回"文学之家"。推开家门，跳入眼帘的是"诗"。

诗是音乐文学，诗言志！

这，是标语，不是诗语。

诗是火，是岩浆，是心脏拨出的情感音符！

这，是散文语言，也不是严格意义的诗语。

诗的语言与散文语言是阴阳之别，还是妍媸之分？

什么才算是好诗？好在何处？是在眉如黛间还是唇如丹上？

回答不了的问号啊！

从此，回家的第一个作业从"读诗"开始，从练习写"白开水"似的自由诗开始，从不耻下问开始，从推与敲的斟酌开始。

作诗需要感情，也需要器识；需要懂作诗之法，更要有做人之度。

一路风景，一路领略。回家的感觉，真好！

写于 2017 年 11 月 21 日

评析一：加陆

此心安处是吾乡

2015 年 4 月，一封"世界那么大，我想去看看"的辞职信引发热议；2016 年 3 月，一首《生活不止眼前的苟且》再次将"诗和远方"融化在心灵鸡汤中。也许只有远方和诗，才能在机械重复、单调枯燥和充满压力的现实生活中给人们干涸的心灵以抚慰。我不禁想起

19世纪法国天才诗人兰波。当他响亮地喊着"生活在别处"的口号开始他"追着风的脚印"的生活时，兰波体验到的并不是别处的诗意，而是贫穷、平庸与琐碎。远方是何方？诗意在哪里？在通向远方的路上，兰波成为"诗歌烈士"。少小离家出走的兰波以终其一生的漂泊告诉我们：生活并不在别处。我之所以想起兰波，是因为近不逾矩之年的潘老师准备悬车"回家"了。这是不是再次向我们印证了：最终都不过是归途？

潘肖珏老师早年毕业于汉语言文学专业，但此后却长期在非汉语言文学的专业领域并做得风生水起。现在她要"回家"，回归诗歌。从表面上看，潘老师所要回的这个"家"是她所学的专业、所钟爱的文学。但为什么在"从心所欲，不逾矩"之年，要突发"回家"的念头呢？如此探究，这个"家"便有了更深层的意义。

自从德国诗人荷尔德林在他贫病交加而又居无定所时写下《人，诗意地栖居》，"诗意地栖居在大地上"几乎成为所有人的共同向往。其原因恰恰在于"诗意地栖居在大地上"是所有人共同的缺憾。当我们拥有住宅，越来越大面积、越来越多套数的住宅时，我们是否栖居在大地上？而且诗意地栖居？

荷尔德林的"栖居"，是超越了现实家园的另一个国度，是芸芸众生多多少少远离了的精神国度，在这个国度里，我们可以在体验人世间喜怒哀乐的时候，使喜怒哀乐——特别是痛苦、悲伤得到升华，并获得一种超验性，这个国度，无疑是诗的国度。

苏轼在《定风波》里说："万里归来颜愈少，微笑，笑时犹带岭梅香。试问岭南应不好，却道，此心安处是吾乡。"万里归来，生活并不在别处。远方在我们生命从最初出发的路途上，诗意在我们对过去的每一次回首和对未来的每一次眺望中。"此心安处是吾乡"，这个家是每一个人精神深处的诗和远方。

评析二：辛英杰

诗作拜读，一度沉浸在潘老师营造的"回家"意境之中，向而往之。

诗言志，潘老师的人生活出了一道光，满满的正能量，也是诗境的精彩背景。

我一直都羡慕中文系的同学，神韵文字，生花妙笔，看似平凡的内容却能写得雅致哲理。也曾经幻想像汪伦那样结交一位名叫李白的朋友，换得名垂青史的结果。如今，知天命后不再向往名利。

"回家"让我窥见了自觉的门径。悟到，人生的再提升是应该回"家"，回到文化的本源。

一

深味景物

风中草

它来了

如此迅猛

如此嚣张

如此狰狞

卷走平静

撕碎色彩

把大地杀声抖动

我被它

忽左忽右

忽前忽后

似乎即将

题字：吕军

抖进车轮下

抖入苦海里

臂断腰折

万劫不复

不

我让信念

扎入地下

深深地——扎——下

深深地——扎——下

倔强的弯曲的身体

留下了它的形状

写于 2019 年 6 月 23 日

评析：季培敏

　　一棵小小的草，被吹得四面歪倒，几近被撕裂、折断。狂风如群魔乱舞，把它巅进车辙，抛入苦海。

　　这棵小草如同一个孤身奋战的勇士，面对千军万马，虽弱小而不畏惧，身弯曲而心不屈。

　　诗句有极强的画面感，在几近覆灭的搏斗之后，呈现给读者是坚韧而昂扬的形象。

这其实是作者的自画像，予谓不信，拜读过作者另一著作《冰河起舞》便可释然。

作者的前半生，曾罹患多种疾病，摆脱癌症已属不易，最不可思议的是凭独自的坚毅和智慧，战胜医学无解的股骨头坏死的顽症，直教人叹为观止。

每每见她乌发酷齿，丰采亮丽，尤其是亲聆她演讲，视觉、听觉无不为之折服。

常寻思她何来如此的力量？这诗的尾阙——"我让信念扎入地下"，应该就是答案。信念，支持她倔强，尽管身体弯曲。

她并没有很强健的体魄，一个弱女子，何以有如此的精神力量？支持小草深扎大地之根是什么？综其半生，笔者看来，是自立之精神，是美之追求，是孜孜不倦的阅读。她学有专攻，内外兼修，尤其是至今依然引领为数不少之众人，作深度阅读和探索，本人亦于此中开卷有益。

期待这棵，她说是小草，我说是大树，日益茂盛，再发新枝。

蝉

蜷缩的幼体

从卵里孵化出来

在树枝上蠕动

贪婪地呼吸　好奇地眺望

"呼"

被吹到树根边

是风的安排

还是父母临终前布的局

它

搜索柔软的土壤

往下钻

题字：吕军

隐居土里　从此

没有昼夜交替

唯有最黑的黑

吸食树根液汁

蜕皮　蜕皮

四度更生

蛰伏昏暗

也许三五年

也许十几年

一个夏夜的雨后

风在呼唤

它　依稀听到

急切地　把泥土扒开

慢慢地　爬出地面

未来已来

怎么也黑乎乎的

似曾相识的空气

夹着丝丝青草味

一阵微风

再次引领它的前方

往树上爬

使劲往高处爬

背脊上　裂开了一条缝

陈旧的　褐色硬皮

缓缓地从

新的　青绿色的　柔软的皮上

褪落

犹如从一副盔甲中爬出来

"脱壳羽化"

最后的生命仪式

它　累了

伸了个懒腰

却被悬在半空

头朝地　尾向天

莫非又要入土

一阵寒噤

凌风颤动

倏地

凸出一对翅膀

由软　变硬　变更硬

俨然成了"黑武士"
双翅张开　借风翱翔

万木已西风
它
知何来　知何去
栖在树上
垂緌饮清露
流响出疏桐
它开始吼
它要寻觅真爱
"知了　知了"
隐忍多年的爆发
居高声自远

终于　相拥
吻合着甜蜜的寂静
半咽半随风
在依存中　轻盈上扬
留下几千个念想

数日后

地面多了两具尸体

它和它妻子

写于 2018 年 7 月 14 日

评析：胡展奋

最近读了一首妙诗——《蝉》。

这首诗的作者是潘肖珏。是的，是潘肖珏。她，总是带来奇迹。这位当年大学最早的"公关学"教授和屡屡创造生命奇迹的奇女子，在她公开自己诗作的最初，我是心存疑惑的：写作需要童子功，需要天分，和潘老师相处多时，没怎么听说她的写作成就嘛。她有令人瞩目的学术成就，那就是她所著的中国第一本公共关系语言类专著《公关语言艺术》，但，那和诗，关系不太大吧。及至看了她的《蝉》，方觉吃惊，我不知道她是否受过大诗人里尔克（代表作"豹"）和瓦莱里（代表作"海滨墓园"）的影响，但是运用低温萧索的笔调而借物咏怀、借景咏志，乃至最终"借船出海"的手法的确容易让人联想到里尔克与瓦莱里那一类冷峻肃杀而又寓意深远的诗风。

蝉的一生大起大落。从光明走向黑暗，又从黑暗重回光明，始终充满着痛苦的挣扎，幼时蛰居地下约四年——最长的达17年，久居黑暗，还深裹一身"囚衣"——"蝉蜕"，其窒息郁闷之程度可想而知了，故一旦出土脱去"囚衣"，就尽情歌唱。世界竟如此明亮开阔，绿荫竟如此婆娑多姿，于是一飞占高枝，久蛰地下的无限苦恼，终可一吐为快——"知了、知了"，这蝉的语言，谁说无法破译，从那激动，那高亢、那急促、那永恒的高八度，不难猜度从黑暗到光明，由寒冷到温暖的大悲大喜，那是对流荡的风、充沛的阳光、碎语的绿叶所编织而成的清凉世界的倾情歌颂，"知了、知了"，千言万语，尽在其中。

都说抒情诗人应该三十岁上就封笔，而她已经六十八岁了！六十八岁的人还能如此地诗意盎然，激情洋溢，引吭高歌，除了归功于生命的奇迹、除了得益于当年汉语言专业的熏陶，我觉得更重要的是她的一颗"诗心"。写诗是要天赋的。再深厚的学养、再刻苦的努力，若没有诗心，则什么也不是。因此，我们可以直截了当地说，《蝉》，写的就是她的心路历程，她的一生写照。

因为她的一生和蝉一样，也是大起大落。从小就好动、好胜，没人知道那其实是一颗诗心：中学时，被同学迫害；婚后，被学生坑害；再婚后，感情再次裂变……而后是联翩而至的双侧股骨头坏死、HER-2强阳性乳腺癌、冠心病的轮番折磨，都道人生多舛，怎么"舛"得如此漫长如此密集？对任何人任何事她都充满着诗意，但最终每每被伤害，这究竟是为什么？

她借用古人的诗来回答：垂緌饮清露，流响出疏桐，仍要"借风翱翔"，仍要"轻盈上扬"，因她诗心不死，因她仍有很多诗要吟唱。

我深深地敬仰她。

（本诗与评析发表于2018年10月《新民周刊》）

故乡

没有小桥
有流水
有能见到河底的流水

没有炊烟
有人家
有大门挂着叮咚响的
大黑木门的人家

没有古道
有长巷
有青石铺就的长巷

故鄉

题字：吕军

没有枯藤

有老树

有稳稳扎根年轮的老树

没有昏鸦

有鹦鹉

有宅在吴侬软语中的鹦鹉

没有断肠人

有书童

有湖笔作伴的墨宝人

这个地方

年少时

天天想离开

年大时

天天想回去

流水　人家　长巷

老树　鹦鹉　书童

今

安在？

每一次离别
都是一次
小小的死亡

写于 2020 年 4 月 14 日清晨

评析：韩翯

第一次欣赏作者关于"乡情"的诗歌，创作上颇有些"玩性"。起手一句"没有小桥，有流水，有能见到河底的流水"，嗯？马致远的《天净沙·秋思》？且往下看，果不其然，这首诗不但盯上了马致远，还"比"了起来：无小桥，有流水；无炊烟，有人家；无古道，有长巷；无枯藤，有老树；有鹦鹉，无昏鸦；没有断肠客，却有挥毫泼墨人。诗中所指之故乡，年少欲离而年大欲返。回想自己，也确实这般，多少人欲以年少风发，仗剑天涯，睹一时盛世，任一生风流；而年大时却又惜当年一水一树，一巷一家，再凭己之老身，温当年岁月。只是不知，当年之景，当年之人，于今安在？

观至此时，心中仍有稍微疑惑。诗人为何要和马致远比，仅仅是因为马致远的这首怀乡之作乃大众最为熟记的绝唱？可看马氏之怀乡，天涯飘零，肝肠寸断；而此诗之故乡却透出更多的温情，情境上岂不冲突？待看到末一句："每一次离别，都是一次小小的死亡"，顿时恍然，原来这所有的比，都在于此。诗人通过枯藤老树、小桥流水之比将其故乡清晰地呈现在读者面前，流水人家、青石长巷、鹦语书作，颇有画面感，想象得出是一个较为殷富、充满人文气息的江南城镇，它确实是有温情的。然而，诗人已去乡数十载，而今年至古稀，虽较于马氏有着不一样的时空，不一样的境遇；但之于情感上却是一样的漂泊，一样的思念。时至于此，与故乡的每一次别离都不知何时再见，这"小小的死亡"，岂不怅然？

此身来处是吾乡。故乡，既是人生时空之原点，亦是心灵始终之归宿。原来是诗人最真实的心底，根本不需要考虑任何技法，再忆于古稀之年回归诗歌，落于乡情，已在从心所欲之境，才是自然而然。

旗袍

你是

北国飘来的一朵奇葩

在时光深处　盛开

江南的甘露

摩登了你

雅致的领窝　内敛矜持

盘钮叠扣　疏而不漏

脉脉的情思

紧锁其中

婀娜的柳腰　委婉含蓄

旗袍

题字：吕军

凹凸中起伏着一份遐想
岁月的痕迹
深藏内里

夺眼的开衩　风姿绰约
紧守的尺度
似露非露　若隐若现
欲语还休的妩媚
呈与而外

你
绘就了神态　浅笑轻盈
培育了莲步　摇曳暗香
飘着曼妙多姿
不远　也不近
醉倒　情郎无数

你
是多变的诗
吟唱
不一样的意境

T台上

演绎

东方女性的风情

现实与迷幻

在时尚中流淌

烟雨里

抹上

丁香色的情愁

剪不断　理还乱

在心灵深处感怀

在异国

你便是　故乡

在他乡

你便是　国粹

你是

永恒的经典

没有迟暮

你

被多少女人爱

却不是

爱你　就能亲吻你

写于 2017 年 5 月 26 日

评析一：季培敏

作者的诗，不是格律诗，与所谓的现代诗似乎也不尽相同，不循规蹈矩，却也成方圆，直教人思考，究竟什么是诗。

深究起来，诗并无一定之义，大抵就是用精致的含蓄的言语指向事物，走进生活，形式不同，手法各异，才是诗的百花园。

作者的心中，充满着对一切事物的美学理想。她的眼里，一事一物，一花一草，无不是生命的跳动。

眼前，展现的是一种服饰：她从北方来，原本是满族的族服。经历了时光的检验，终因其诸方面的优异为民众接纳，流传至南方，受到了吴越文化的洗礼。于是，她的外延和内涵被赋予了新的内容，甚至几度引领时尚。

领窝严谨，腰节曼妙，摆衩含蓄，<u>盘纽丝丝入扣</u>，着装者须是莲步轻移，携一方绢帕，佩三点白兰，俨然香气袭佳人。既曾入诗也曾入画。东方女性，因与之耦合而演绎出万千风情，也曾在异国彰显过国粹经典，她不曾落寞，永远趋时。

旗袍，在这首诗里鲜活起来。作者似乎从诗里走来：碎步轻摇，凹凸有致，神情优雅，笑颦两宜。

评析二：李洁

本诗最大的亮点是拟人化修辞手法及对动词、名词、形容词的运用，让整个诗词有了"名词生境，动词主意，形容词添景"的意向，使旗袍这一事物赋予了人一样的感情，凸显诗人对旗袍的眷恋喜爱之情。

第一段"飘来、盛开、摩登"三个动词，用得形象、贴切，牵动了读者的意象，从认识到想象，使诗句非常具有张力和动感，让旗袍这一静态的事物，跃然纸上，有了动态美。所谓动词传情，在此处得到彰显，三组动词推敲使用，恰恰传达了诗人对旗袍的挚爱情义。

诗的艺术生命在于形象。诗词的语言不是思辨而是感官语言，因此，第二、三段"雅致、内敛、脉脉、婀娜、委婉、含蓄"六组形容词的巧妙运用陶冶了旗袍这一事物的形象，赋予了人的气质，把一件"无情物"描摹成"有情物"。让读者猛然对这一事物迸发出"蒹葭苍苍，白露为霜。所谓伊人，在水一方"的恋人情愫，为接下来诗词的"告白"奠定情感基础。

如果二、三段诗词对旗袍的形容宛如娇羞的少女，那么第四段"风姿绰约、若隐若现、欲语还休"的成语式修辞则展露了女人的妩媚。此处暗喻了在岁月铅华下，少女蜕变为女人的璀璨，而旗袍恰恰成为这场蜕变最好的见证。无论年龄，无关芳华，旗袍都能够让女性拥有不同阶段的美好。看似是对旗袍的眷恋，实则是作者将女性的魅力，沉醉其中。

最后几段的"你"，是对话式的修辞方式，让之前所有的赞美走入读者心中，仿若一场对相恋许久爱人的告白。后几段"诗、情愁、风情、故乡、国粹"五个名词的使用一步一步升华旗袍。诗的骨架在此处凸显。简洁明净，意境悠远，生动形象，回味无穷。此时，旗袍不仅仅是作者喜爱的一件服饰，更寄托着种种情怀：她是感怀时的诗眼、她是T台上的自信、她是心灵内的情愫、她是乡愁中的眷恋、她是文化交融下的传承。

最后两段，是诗人淋漓尽致的情感展现，"不迟暮的经典"恰恰是诗人心中永存的浓浓爱意。爱旗袍，也是爱自己。"不能亲吻的爱"恰恰是诗人永远追随、永远爱慕的情谊，也是对自己能够久久拥有美的渴望和象征。

"名词要拙，动词要敲，形容词要巧"。

回顾整篇诗词，名、动、形容词的巧妙配合，让诗词充满柔情蜜意，静动结合，情谊饱满。读者也在词语的交互使用中享受文字的酣畅。

尽兴尽美之作，流连忘返之中……

评析三：余静

读罢此诗，感慨和惊叹诗人把旗袍的历史渊源和旗袍能够给予女人所有的美都写尽了，也写尽了女人对旗袍的缠绵之情以及对家国情怀的眷恋之爱。

喜欢作者的诗，就是因为，总是会有那出其不意的转折，以及诗人自己独到的见解和给予读者无限的启发和想象空间……

"你｜被多少女人爱｜却不是｜爱你｜就能亲吻你"。

旗袍，是女人品味的符号，也是女人气质绽放的显示。不是每个漂亮的女子都适合穿旗袍。旗袍，对女人是一种服饰，但已经不仅仅是一种服饰了。旗袍，是一种女人文化。旗袍，为女人而生，为属于她的女人而生！

旗袍是国粹，只有心怀大美、举止得体的女人才能驾驭。她仿佛演绎着东方神韵之佳话。那份传世之美，本只可意会，却被诗人描绘得淋漓尽致！

旗袍，美！穿旗袍的女人，美！

斜倚窗前

着一身
杏色蓝碎花旗袍
素淡 清纯
斜倚窗前

持一本
有点泛黄的
透着吟唱的小书

望一眼
池塘的莲花
粉色

作者：周春生

淡淡的

羞羞地

似开似闭

闻一缕

耳后飘来的檀香

袅袅地

轻轻地

印着"杏色"

刻着"吟唱"

随粉莲

而去

远方

……

写于 2017 年 9 月 7 日

评析：季培敏

　　读着这首诗，眼前的女子，衣着碎花，倚靠窗户，手捧读本，浅吟低诵，该是线装诗词之类吧。

　　望一眼池中莲，似乎思绪无由，羞羞莲蕊，映衬情思缠绵，轻烟一缕，携着檀香冉冉而来，袅袅而去，诗中女子的情思，便挟裹着莲粉杏黄，随风驾雾，去到那情思所在的远方。

这诗是一副绝佳的画儿：旗袍、诗书、粉莲、檀香、娴静、雅致、情思、禅意。

美！

或是为了感怀一段心灵深处的回忆；或是为了思寻一番莫名的忧郁和伤感；还是体味一把剪不断理还乱的古意情愁……

抑或，都不是。

仅仅是：美！

自析

有人曾经问我，你怎么会写这首《斜倚窗前》？答：我也不知道。当我写完《旗袍》，脑子里就一直呈现：一个穿旗袍女人的画面。随即一气呵成，把这个画面写了出来。

写诗靠灵感，有时冒出的灵感，是经不起盘问"为什么"的。因为没有"为什么"。

《旗袍》与《斜倚窗前》，是旗袍姊妹篇。前者偏理性，写的是女人的衣裳；后者属感性，写的是穿这衣裳的女人。

我爱旗袍，始于开始读女人。

女人的所有的美：露与藏、虚与实、感与性，都在旗袍里。

但不是所有的地方都适合旗袍的出现，也不是随便一个女人，都能够穿出旗袍的风情。

穿旗袍的女人，多少应有点古典的韵致：

眉眼间蕴结着绵绵的味道；她的颈项和背脊，应颀长而温婉；她的肩，应是圆滑而带一点轻削；她的身段，应在苗条中起伏一份丰韵；连她的姿态，一扭头一抬手间，都应散发着欲语还休的妩媚。

穿旗袍的女人是立体的女人。能把旗袍穿好的女人，是极品女人。

《旗袍》与《斜倚窗前》彰显了我的旗袍文化观。

菊花之品

西风起

百花谢

唯有一花开满院

轻盈肌

柔弱骨

乐与晨露饱清冷

白如雪

粉似霞

烂漫尽在深丛中

菊花之品
庚子初夏春生寫

作者：周春生

黄金蕊

零零落

几近枯萎香不改

滴琼浆

延龄药

浅饮缓酌杯中暖

陶翁醉

谁与同

坐对幽轩诗与赋

志高远

甘淡泊

傲视寒霜独殿秋

写于 2018 年 2 月 1 日

评析：叶红

爱菊、赏菊是中华文化优秀传统，自唯美诗人屈子汨罗泽畔吟诵"朝饮木兰之坠露，夕餐秋菊之落英"点醒世人后，世历朝历代文人画士，无不以品菊、颂菊为雅趣，纷纷吟诗作画，有关菊的诗文佳作精彩纷呈，灿若星河。如元稹的"不是花中偏爱菊，此花开尽更无花"，赞美菊无惧风霜的坚贞品格；又如白居易的"满园花菊郁金黄，中有孤丛色似霜"，将诗人突然瞥见一枝白菊傲然独立的惊喜之情和盘托出；"宁可枝头抱香死，何曾吹落北风中"是郑思肖宁死不屈、铮铮铁骨的化身。其他如"春兰兮秋菊，长无绝兮终古"的无悔殉道，"荷尽已无擎雨盖，菊残犹有傲霜枝"的文人孤傲，"采菊东篱下，悠然见南山"的闲情逸趣……美如落英，不一而足。

在咏菊的浩瀚诗海中，也许潘老师这首小诗，不及文人雅士名篇佳句那么高大上，然而小诗自有小诗的神韵风骨，正所谓"芙蓉不及美人妆"，风清月白自幽香。与名家这些只从某一侧面咏菊的诗作相较，《菊花之品》却小而精，小而全；整首诗寥寥数语，却从不同角度将菊的诸多美质一一点出，如数家珍：有开放于西风严霜中菊之坚韧，有轻盈柔弱菊之美形，有雪白霞粉菊之缤纷，有琼浆甘露菊之妙用，还有高远淡泊菊之隐逸……七个触点，由外及内，由形及神，全方位立体赞美了菊的形品神韵；特别是第六小节"陶翁醉，谁与同，坐对幽轩诗与赋"，用典故隐喻了诗人自身的高标与追求，一语双关，意蕴丰厚。这首小诗谋篇也特别，全诗七小章节，每节字句匀称，整齐划一，章法井然：有铺排，有点染，有聚力，有升华；意象丰美隽永，情感自然贴切，运笔优美酣畅。

另外，我还特别喜欢这首小诗的语言，三七字句，长短有致，轻盈跳脱，朗朗上口，恰到好处地展示了现代格律诗形质兼美的特点。若要吹毛求疵，这首诗若在选字、音韵上再斟酌些，或一韵到底，或转韵一二，读起来可能更具韵律美。

挽歌

院子外面
红杏闹墙　柳枝争绿
春意一派忙

原本长青的你
却沙沙叶落
一时满院枯焦
惊黄我的扫把

你是我的芳邻
只隔着一层窗
开窗　你在我眼里

关窗　你还在我眼里

每逢中秋

金黄的花珠

似碎金

点缀在翠绿中

迷人的芬香

悠长随风

袭我心怀

陶然其中

烦恼荡然

当碎金铺满地面

犹如精致的地毯

我息心观赏

不忍卒踏

有时候

捧几粒小花儿

在手心里

闻着　吻着

我　化了

那晚　梦里有你

而今

春雨失甘　灌不醒你
东风无力　挽不回你
泪飞顿作追思语
笔泻黑白挽一歌

写于 2018 年 3 月 24 日

为谁挽歌？

写完最后一个字，我眼眶湿润。我院子里的一棵健康硕大的桂花树，与我相伴了千余天。近期，渐渐枯黄，死了。我悲痛无法自己。杀手是我啊！

我在一个错误的时间做了一个错误的决定，将她在寒冬腊月搬了家，移居到院子边上。腾地，安置了自己看书的木桌椅。

桂花树刚到新址，就遇上了连续几天的大雪。寒则凝，经络闭塞，营养不良，病入膏肓了。

呜呼，一个生命终结了。

我为之挽歌，悼之，念之。

哭我的桂花树！

评析：韩晷

这是一首"悼树"的诗歌，正应潘老师所认为的诗歌应"自由"，心到则诗成。陪伴自己数年的桂花树因为一次不慎，加之天有不测风云而凋亡。旁人看来或许"微"而不足道也，潘老师的深情一"悼"，更见其对生命的珍视。

全诗情感真挚，先扬后抑，再于抑中迸放。本是桃红柳绿，恣意盎然之春境，却换来桂花树之风中凋零。胜春枯萎相比寒秋落叶，在感情上总是令人猝不及防。

诗歌以拟人之手法，不将桂花树视作物，乃以桂树为友。时间上，将现实和回忆贯穿，追忆与桂花树往昔相伴之点滴，是如此美好与偎依，正是金黄点翠足悦目，迷人芬香袭心怀，以桂为邻，陶然其中。奈何，一次好心之举，却事与愿违，三月堆绯烟，于桂树而言，再无计留春，但见"沙沙落叶"，扫把惊黄，好一个秋伤！

最不忍是最后两段，放在手心的桂花可送香入梦，而今却雨失甘、风无力，从拥有到失去，再不回往昔，此伤何堪！歌者痛切，唯有"泪飞顿作追思语，笔泻黑白挽一歌"。

诗歌情景交融，物我相倾，正是对于生命的热忱。潘老师曾说我挚友于此中领略到了言外之意，看来她对于潘老师有着更深的了解和情谊。从此诗歌中，最先见到的便是潘老师的心，缅怀之言，娓娓道来，情真意切。另外，也足见潘老师的功底。好的诗文也应恰在似与不似之间，能使读者亲近，绝无矫揉造作之感；又留出空间给读者筑出自我境界，才能实现心通神会。

从《挽歌》中，我见了潘老师对桂花树的深切缅怀之情，作为友人，当然也想对桂花树的精灵祈一个愿：

愿君来日还入梦，

再集幽香注心河。

院子里的甜椒

一枚硬币
把一个濒临窒息的你
从集贸市场救了出来
小心翼翼地

植入院子的土壤
尽管是
一条"河西走廊"式的土壤
需要　所需要的
给予　所必须给予的

你在清晨

院子裡的甜椒 庚子立夏 春生寫

作者：周春生

第一滴甘露的触摸
和她有关

你在午时
休憩于一片绿荫下
也和她有关

你在暮色
聆听袅袅的梵音
还是与她有关

雨天雨地里
你淌下　有情有义的泪
你不会不承认
与她有关

小小的白花　开了
羞羞地　垂下
你不会不承认
爱上她了

小白花　悄悄褪了

就像曾　悄悄地来

相爱的结晶诞生了

——

圆圆的　青青的

有点甜

有点涩

有点稚嫩

写于 2019 年 9 月 30 日

评析：张丽珍、季培敏、兰晓鹏、栀子
（"深度阅读群"书友）

她，是天，是地，是自然。无声无息，无私给予，孕育自然界一只又一只有点甜、有点涩、有点稚嫩的"甜椒"。我们每一个人，又何尝不是这一只只甜椒，我们可曾感恩自然的给予，自然的馈赠——那静悄悄的，无声无息的馈赠？（张丽珍）

情感饱满的诗人，从她的眼里望去，处处是美，事事可联想；小小甜椒，也同样可以爱得不知晨昏。不艳之美，是为最。（季培敏）

诉衷情。甜椒对培育者的独白。安居小院好心情。

从死得重生。梵音土壤甘露，还有雨盈盈。培育者，大恩人，爱心倾。圆椒稚嫩，甜涩青青，伴你年轻。（兰晓鹏）

从镇上集市用一元钱硬币买回来的甜椒苗苗，植入院子一条小小的土壤，阳光雨露让其长大，长壮，开花，结果。最后，甘愿赴汤蹈火，营养培育者！这是什么精神？这是毫不利己专门利人的精神！（栀子）

年轮

秋天等在窗外
回首
夏天和春天
蹉跎了吗

在环抱一棵树
一棵生命之树
风霜与耐心
浇灌着年轮
一圈又一圈

上面满是故事与故事

乾道的　坤道的
酷似一幅多彩的图腾

天佑的
呜呼
生之真意

写于 2019 年 9 月 28 日

评析：汪洁

"秋天等在窗外｜回首｜夏天和春天｜蹉跎了吗"

我们常常感叹岁月时光的易逝，对过往日月的念念不舍。这当然是对时间宏宇的威芒的慨叹，更是对生命无常的感怀。这种对时光消纵的无力感，就连孔夫子也在千年前发出喟叹：逝者如斯夫，不舍昼夜……

只是这段诗句进一步提出了孔夫子未竟之发问。这是关于时空宇宙的哲思之拷问："岁月你蹉跎了吗？在你的生命里留下了何种存在意义？"

"在环抱一棵树｜一棵生命之树｜风霜与耐心｜浇灌着年轮｜一圈又一圈｜上面满是故事与故事｜乾道的｜坤道的｜酷似一幅多彩的图腾"

作者没有平铺直叙地点明她的答案，却链接提起大自然的生命体，一颗被时光雕刻的生命之树。对树而言，岁月留痕，年轮即是它的存在价值，年轮即是它的内涵意义，年轮即是记录它生命故事的密码。

每一圈每一轮的纹理，无声地告诉你，那一年，那一月的风霜；那一季，那一刻的冷暖。

而这一整节，最为出彩之处在于，平地忽地出奇峰。笔者一转笔，却忽地瑰丽奇绝地想象到，这些年轮图腾是天地阴阳、乾坤之道的载体和见证，让人叹服此番联想是如此妥帖。

作者此前的对生命岁月的发问，其答案瞬间宏大到天地之间。庄子曾言，天地有大美而不言。此处年轮恰是这样的天地之道的象征。正是笔者对易经神髓的理解自悟，让她做出此番思考。

"天佑的｜呜呼｜生之真意"

外界环境每时每刻都在变化，面临外界的风吹雨打，风和日丽，学会历练适应顺逆境的心境道法，这个过程中，道法自然，你终会收获生之真意吧。

早春

料峭　二月
雪消　门外
三分寒二分喜
更一分爽

梅未残　春来悄
早莺暖树　一对
幼草吻泥　一片
绿香满园
盼——

写于 2019 年 2 月 12 日凌晨四点

作者：周春生

评析：程洪猛

一大早，就收到了潘肖珏教授的一首小诗。

如往常一样，我总是有幸在第一时间，欣赏到潘老师的文字。

认识字，背过诗，却不懂诗，我就是这样的"知道分子"。

然而，这首诗，我觉得真好。

诗的节奏，叫人摇头晃脑，手舞足蹈，身心律动，回味无穷。

哒哒，哒哒；

哒哒，哒哒；

哒哒哒，哒哒哒；

哒～哒～哒，哒～

原诗上半段最后四个字，"更一分爽"，作者的意思定是"更～一～分，爽～"。

呼出一个"爽"字之前，略微停顿，让乍暖还寒的春意，透过脚底的涌泉穴，顺着双腿向上攀爬。

痒痒的，麻麻的，流遍全身，直到每一根筋脉都欢欣雀跃，每一个穴位都敲锣打鼓，这才不由得呼出一个"爽"字！

潘老师是养生专家，每日寅时（凌晨3点到5点）起床。如果不是早起的人，断然是感受不到那一日之中最原始的阳气和爽气。

哒哒哒，哒哒哒；

哒哒哒哒，哒哒；

哒哒哒哒，哒哒；

哒哒哒哒；

哒——

从"一对""一片"，到"绿香满园"，诗人走出户外，视线从点到面，由面及体。

环顾四周，忍不住，贪婪地，大口大口地，吞咽着新鲜的空气。五脏六腑都被真气充盈，直叫人生出欢喜，生出壮志，生出盼望。一个"盼"字，拉长了声音，却又没有指明盼望着什么。欲言又止，看似有所缺憾，其实却是无所不包，无所不盼。一切都是好的，"好"得超越了语言，这怎不叫人回味无穷呢？

诗的意向，让人置身于一个道气充盈的全息图景，眼睛、耳朵、身体、灵魂，无不被它抚摸。

诗中有画。看，那屋外摇腊梅，早莺栖暖树，幼草吻春泥，绿意满庭芳。

画中有乐。听，那晓风吹过门缝，步履踏过残雪，流水又穿小桥，松鼠叽喳枝头。

乐中有情。一个"悄"字，像极了母亲的添被；一个"暖"字，像极了父亲的憨笑；一个"对"字，像极了眷侣彼此的陪伴；而一个"吻"字，怎不像极了幼儿吸吮甘甜的乳汁。

情中有生命。喜，爽，盼。春回大地，生机盎然。伴随着此起彼伏的鞭炮声，老人们又挺过了一个严冬，孩子们蹦蹦跳跳地过了新年，又长了一岁。中年的人们，还有年轻人，共和国的脊梁，都整装待发，回到自己的位置，向着每一个新生的太阳迈进。诗人呢？诗人深情地看着这一切，直到泪水模糊了视线，然后就闭上眼睛，静静地呼吸，露出会心的、满意的微笑。

盼望着，盼望着。春天，既在你的盼望中，又在你不经意的时候，如期而至。

勤劳的人儿，快到广阔天地去！

江南六月天

梅子黄了

雨点落了

木门瘦了

诗稿胖了

院外　石板

青青点点

院内　草本

面色枯枯

阳光也有笼罩时

氤氲　多愁

蒸透万物
窒息生灵

但盼
六月雪
人轻　安如素

写于 2018 年 6 月 9 日

自析

江南六月天，这是一个雨也烦、晴也燥的季节。我不喜欢。每每有去别处躲避之动议。

黄梅天再遇倒霉事，只盼一场"六月雪"，大地才干净！

评析：季培敏

江南气候，梅子熟时，阳光和着霏雨，太阳露脸时，有点模糊，闷潮。作者的性格，极开朗的，此时何事不顺，情随事迁，这氤氲之气便弥漫笼罩了居室。石青、草枯，似乎有点窒息，所幸作者为有性有情之人，无论身处何境，竟是习作不断，诗稿渐胖之于嫌了木门瘦。

异想或真能天开，来场六月雪如此一想，竟真如六月下了雪，于是心情大好，轻松安闲。

借贺铸诗为证：

> 凌波常往瀛洲路，
> 诗书暮年独自度。
> 彩笔新题寻常句，
> 梅黄时节入雪图。

说好的

灰暗的天幕

背后躲着一场雨

没有下

等风

说好的

熙熙的码头

急促着

去彼岸的脚步

鸣笛　收锚　启航

留下

一个期盼的身影

喃喃地

　说好的

　说好的

写于 2018 年 6 月 16 日灰暗的天空下

评析：李彧子

　　这首《说好的》用简短的文字描绘了一幅画面，整个画面的色调是灰暗的、压抑的，一个身影在码头望着远方，也许是一个女孩。这个女孩有故事。

　　码头的人群很匆忙，熙熙攘攘。人们陆陆续续地上船，而水手不歇气忙着自己手上的活。传入耳中的是轮船的汽笛声、嘈杂不清的人语声，和远处传来水鸟的啼声。形成鲜明对比的是这个呆立静止在岸边的女孩，没有人顾得上抬眼看她。她喃喃地自语："说好的，说好的……"

　　是谁与她说好的？说好了什么呢？也许是和心上人说好的，一起离开这个城市去闯一片属于他们的天地，他却没有来？会不会是曾经说好了要永远在一起的，如今他却登上了船没有回头，丢下她独自离开了？不论是哪一种吧，一定是有人食言了，现在只有她一个人了。

这即将驶离的船也已经在宣布她的人生轨迹注定偏离了原先的设想。

在这个画面里，灰暗的岂止是天色，还有她的心。天幕背后躲着的一场雨，是她摒在心里的眼泪啊。雨没有下，她没有哭出来，但在她体内早就下作了一场暴雨，整个心都湿透了。她期盼的风却始终没有等到。这样无奈的、无声的被转折，也没有办法找到一个释放伤感的契机，就这样闷在胸口，恰似雨前的灰暗、压抑、憋闷。

作者不仅是位诗人，她也是一位画家。艺术家作画，有的用铅笔、用油漆，也有的用沙子，还有用电烙铁的呢，而潘老师用的是文字。作品中有色调的调配、远景的衬托、动静的对比、亦有所隐喻，也留给观众以想象的空间。中外的许多名画也是如此。本人除了喜爱诗文，平日也是特别爱作画，于是与作者可得此共鸣，深感快意。

等待点击"发送"

轻风　小院　木桌椅

往事知多少

今日　伊人　水一方

回首奈之何

独饮　醉不醒

驻笔　墨已枯

里面住进了

蝉鸣和细语

也有

灰尘和叹息

眼下

一封信　等待署名

等待点击"发送"

写于 2018 年 6 月 22 日

评析一：季培敏

读罢这首小诗，眼前很有画面感，小院、木桌椅何等惬意，然而并不怎么自得，挥毫且独饮至于沉醉，心中似有块垒，文如细语，如蝉鸣绵绵，想来笔下已有百言千言，墨色已枯，尚未达意。追忆昔人往事，几多无奈之感叹！

伊人何人？慕爱之人？水一方何处？温馨之地？

笔者以为是，而又不是，以作者之阅历，一定有诸多昔人往事，本人宁愿相信是作者对人世间的美之向往。不谏往昔，犹追来者：

挚爱觉者悟者；

自由的彼岸！

永远的向往与追索！

不用署名，无需"发送"。

评析二：安娜惠子

这首诗
文字看似简单，却富有哲理。
语境跳跃，灵动，层次递进有序。
开篇以生活片段继追溯光景虽好，却五味杂陈。
二段是精彩的，欲抵达又有几分无奈……
三应是双层意境……

评析三：汪洁

可是这首诗，我却品出了一些风格上的不同。这首犹有少女情怀在，难得的小女子徘徊吟回的画面闪现在眼前。文字情感糅合拿捏得相当圆融。文字的圆融，在于现代诗体和古典用词的密切融合；情感抒发上，看到了细腻柔情与睿智勇毅交汇；志趣表达上，品到了既徘徊留恋又大度挥别过往的心之所向。诗作是有高度的。

喜欢读诗的人都知道，好的诗歌，其实不仅是语言文字的精华，更是其人生智慧的精华。为何看似平淡无奇的文字会一叠三叹，全在情韵。联想到作者的故事经历，我感受到她的寂寥，因此她独饮；感受到她的沧海，因此她醉不醒；触摸到她过往青春浪漫，那些陪伴的蝉鸣与细语。我仿佛能穿越地看见作者夜半无人私语时，独坐庭院，思绪翻飞，飘散满地的尘埃。只是勿需叹息，花开花谢过，终是结了果，如此丰润圆满。

点击"发送"，是智慧的光芒，升华的甘露，让接近你的人群甘之若饴。

勾魂

不知道

什么时候开始

我必须

枕着你睡觉

分分秒秒

无线的

移动的

不是你的内心

我的鼾声

我的脉动

填满了你

这世上

你是天使

也是魔鬼

我被你醉倒

写于 2018 年 11 月 2 日清晨

评析：张英

　　题目《勾魂》冲击眼球，像一首缠绵悱恻的情诗，似写给挚爱的人。感情分三段层层递进："我必须｜枕着你睡觉｜分分秒秒｜我的鼾声｜我的脉动｜填满了你｜你是天使｜也是魔鬼｜我被你醉倒……"每一句读来让人耳红心跳，像怀春少女对爱人魂牵梦绕的依恋和疯狂。

　　这首诗歌妙就妙在，读了以后给人想象的空间。

　　初想：爱情诗不会如此浅显直白；再读，又对它有了新的领悟和感怀，它一定是对物的一种寄托。三读，"无线的｜移动的"，它会是什么物呢？

　　"诗歌的意境"是诗人强烈的感情和生动的客观事物的交融。"意"一定是寓物其中的；"境"也亦非是纯客观的物象。

作者给我分享了一个动人的故事：某天发现儿子在沙发上熟睡了，枕边放着从不离手的手机，于是有了创作的灵感。这里有母亲的关爱和善意的提醒：在高科技时代，手机已经成了我们生活中必不可缺之物，它为我们提供生活便捷的同时，又被它裹挟，失去许多美好的东西，比如和家人朋友的情感沟通，对阅读的热爱，独立思考的能力……真的是"勾魂"啊！

这首有感而发的小诗，唤醒我们不要被一件物品所桎梏，远离手机吧！

自析

每每看到以上的情景，心头就会紧。人类社会在竭力开发智库的同时，也被"高科技"牢牢的裹挟，并搭上"身家性命"，危象无以复加。作一小诗，但愿能唤起觉悟！

叹息

无梦的睡眠
迟早都会来

充栋的藏书
注定是读不完了

扼腕叹息
蹉跎了书巢岁月
挥霍了书香时光

往日无可追
今日目不济

一声叹息
又

院外　落叶沙沙
书架　纸页黄黄

一切都可逝去
唯书　永生

写于 2018 年 4 月 20 日

评析：韩颢

读到此篇诗歌，心中非常感慨，因为这短短的七八十字，句句都戳到了心窝里去。

全诗用朴实的文辞和凝练的语言真挚地发出了一声"叹息"。作者所叹何事？

读到起句"无梦的睡眠｜迟早都会来"，"无梦"和"迟早"，反映出一种"无奈"，随着时光流逝，生理机能的衰退是任何一个生命个体都无法改变的事实，这是一种变不了的"势"。岁月难留，这就是作者的叹息？

再到下一句，"充栋的藏书｜注定是读不完了"，这才点到了题。真正扼腕的是"蹉跎了书巢岁月｜挥霍了书香时光"。一般生活中聊到此话题时，总会有朋友和你讲"往日不可追｜来日犹可待"之类的言语以做宽慰和鼓励。然而，却偏偏"今日目不济"，对于古稀之年的作者，时间之于身体机能的影响成了她"沉浸书香"的一道难题。

正此时，"院外｜落叶沙沙"，而房内书架上"纸页黄黄"，绘就了一幅关于时间的生动画面。院外随风的落叶是时间的"动"，象征着流逝和短暂；而书架的纸页在时间的积累下已然泛黄，这其实是时间的"静"，象征着稳定和绵长。就在此处，潘老师发出了"一切都可逝去｜唯书｜永生"的感慨。

一首《叹息》，诗人经历了从情感困厄到精神解脱的过程，极其难能可贵。对于时光的感慨，自古及今，不论名人大德，还是芸芸众生，都会有深切体会，真乃蜉蝣于天地，怎能不叹。作者之叹息，看似在生理的老去，更在于时间和身体没有给自己更好的条件去更多地徜徉于知识的海洋。

其实，和作者相熟的人都知道，她勤奋饱学，在不同的领域多有著述，并能成一家之言，这是很多人都难以企及的成绩。因此，读到她"蹉跎""挥霍"二句时，让我赧颜；当然，这也表现出了作者作为一个孜孜以求的学者的可贵品质。

真诚，是一种可贵的精神，最大的真诚，应该是直面自己，最好的方式是不断自省。

古往今来，伟大的人和事都是在自省中造就。曾子"日三省吾身"，时刻用自省来鞭策修身；我们每个人也都会自省，只是执行的尺度不一。作者在如此年纪，取得如此成绩的情况下，面对这"一片书香"，依然有悔叹息，是一种学者对于知识的敬畏。当然，同是"叹息"，她也从"悔"中找到了"赞"。在时光面前，人的生命何其短暂，然而，凝聚了人类意识精华的"书"却可永世流传，打破时间的藩篱，实现生命在另一层意义上的"永生"。

全诗文辞朴实，主题深沉，结构简洁，语言凝练。读到此篇的诸君应该会和我一样，要去反思一下自己：是否同样挥霍、蹉跎了一些珍贵的东西；是否一样要找寻属于自己生命的"长久价值"。

瀛洲园赏海棠花

（一）

一园桃李拥花仙，

嫣然盈笑篱竹间。

虽言气可压千林，

天姿玉容作等闲。

（二）

四月尾梢胭脂丽，

一阵疾风雪落泥。

静美足以付春心，

哪有无香为憾事。

写于 2019 年 4 月 18 日

作者：周春生

和潘肖珏《瀛洲园赏海棠花》

作者：季培敏

嫣红梨白色重重，

万点娇颜绿相拥。

好花无奈疾风雨，

落缀春泥意更浓。

评析：徐一凡

春日喜读作者在崇明花园咏海棠花的两首诗，阅后口角噙香。此时，正是百花盛开、桃李争艳的好时节，繁花美景皆可入诗。那么，海棠花又是因着怎样的风韵和风骨，让诗人诗兴大发，吟咏相赠呢？莫急，让我们一起来细品这两首诗，答案自在其中。

第一首诗共四句，上两句用白描的手法道出了海棠花的美，"一园桃李拥花仙"，她是花中仙子，其美嫣然，不同凡俗。诗人元好问曾经这样形容海棠花的品格，说她"爱惜芳心莫轻吐，且教桃李闹春风"。仿佛一位矜持的大家闺秀，因此珍重芳姿，不肯与桃李等凡花为伴。但在诗人的笔下，海棠花却绝不是一个自恃身份的冷艳佳人。反倒是"嫣然盈笑篱竹间"，虽然气质出众，却不骄不躁，与众花为伴，共同装点着春天。这样飞入寻常百姓家的海棠花，不再只是中国传统士大夫的解语花，显得更加可爱可亲了。

如果说第一首诗，把海棠花从仙界带回到了人间，那么第二首诗则是为所谓"海棠无香"的憾事做了一番辩护，甚至翻案。著名的女性作家张爱玲曾说过这样一段名言，"一恨鲥鱼多刺，二恨海棠无香，三恨红楼未完"，此语广为流传，似乎无香真成了海棠的罪过。但在潘老师笔下，无香的海棠自有其高洁的品格，她并不以此为憾，也不愿以香媚人。诗的前两句"四月尾梢胭脂丽，一阵疾风雪落泥"典出苏轼"卧闻海棠花，泥污胭脂雪"，在风雨中如胭脂雪般清丽的海棠花瓣被风雨吹落到污泥之中。这个画面似乎很是凄美，但是本诗诗眼却在后两句："静美足以付春心，哪有无香为憾事。"对于海棠而言，静静绽放就是她的初心，无香也是她与生俱来的品格，旁人何必为她遗憾呢？这凄美的情调，往上一转，点出了海棠的品格高华。

"诗言志，歌永言"，诗人笔下的海棠花，仿佛如她本人一般，身处平凡之中行不凡之事，通过深度阅读，把一部部经典，一位位大家带入了寻常百姓家。她谨守初心，不羡浮华，只求静美开放，为有心寻道的我们传道授业解惑。

崇明苦草吟

花非花　草非草
非花非草胜芙蓉

药非药　食非食
非药非食似馐馔

雏时　翠绿衣
迟暮　黄褐袍

杯中枝　盘中叶
枝育仟仟叶
叶缠俏俏枝

咀着清清味

嚼着淡淡情

唇齿留香

清流一股

心脾

沁

写于 2020 年元月 8 日晨

评析：栀子

小诗总共五小段，73 个字，描绘了一株植物——少有人知道的苦草。

第一段两个"非"字，突出其虽不是花，也不是草的植物形象，双重否定，却是精到定位。

第二段又用两个"非"字，再度否定其既不是单纯的"药品"，也不是单纯的"食品"，是胜过美味佳肴的药食同源之品。

第三段道出其生长过程的变化：枝叶嫩时绿色，老后呈黄褐色。

第四段是其观赏价值：其叶互生，分裂极细，看上去很美。

最后一段是精华，味觉（"清清味"）与触觉（"唇齿咀嚼"）产生的通感（"清流一股"）沁心脾，寥寥数语，将苦草的食疗功效尽在无声的体会中！妙！

崇明苦草，距今已有550年的历史，是上海崇明的特色农产品，其食疗价值正在逐渐被挖掘。作者以诗歌的形式，淋漓尽致地将其形象传播，以飨读者，为祖国传统食疗叫好！

小小知识：何谓苦草

苦草，植物归蒿类。功效以清热解毒，凉血消肿。可以清除体内积存的热毒，消肿止痛。上海崇明苦草，习惯用于产后恢复，是基于中医产前宜温，产后宜凉的用药原则。以消产后胎毒痴阻。

"崇明苦草"的品质特征是：含有17种氨基酸，氨基酸总量为5.53％左右；具有清肝明目，利尿消肿，活血调经，调节血脂、血糖、高血压，产后调养恢复元气等功能。

等

——冬日夜晚回家有感

风寒枯叶泣，

星冷残月吟。

谁人暖灯下，

莫道冬无情。

2017 年 11 月 20 日 20 点 40 分

评析：崔玉娈

我喜欢作者"风寒枯叶泣，星冷残月吟"所渲染的悲情气氛，正是这"悲"催生出之后的"喜"，正是这"泣"锻造出生活的"蜜"。

君不见，梅花香，苦寒来；宝剑锋，磨砺出。

一切都是最好的安排，我们所经历的每个悲冷，都是我们强大自己的最好证明。

我更喜欢作者笔下"谁人暖灯下，莫道冬无情"的那份温暖与坚定。

"谁人"，是谁？

是"他"，还是"她"？

这并不重要。重要的是：一个懂自己的人。

也许，这个人就是"自己"。

诗的主题为"等"。

等什么？

等，懂自己。

天若有情天亦老，沧桑中才能有情，才能懂自己。一个情字，给悲愁离苦的人生注入了温暖，给坎坷多难的岁月平添了活力。

全诗短短 20 个字，细细体味，是一条人生路。就是在经历这些"悲"与"泣"时，别忘了"等"，用我们的耐心去等，用我们的智慧去等，这份等待，驱走的只是苦难，换来的必是精彩！

归去来兮

不愿
离开绿
不愿
消失倒影
不愿
沙沙
更不愿
沙沙沙——
下

身子一沉
泥土的芳香

沁入其中

深深浅浅

沁入其中

不饮恨

不叹息

归去来兮

归去来兮

评析：汪洁

但凡喜欢古代诗歌的人，都知晓一位山水田园诗人——陶渊明，其最著名的诗文，就有一首《归去来兮辞》。因此，看到作者的同题新作，我忍不住好奇，作者在现代诗歌的语境中表达了什么理念和内容？难不成在谈归隐田园？

可是，在这首诗歌中，我没有看到田园，而是遇见了一棵树，一棵瞬时将伫立于瑟瑟秋风中的柳树。我听到这株柳树的心语，它对自我生命的留恋。

是啊，自古以来，柳树在诗歌中的意象，由于谐音"留"的关系，一直都出现在离别诗那样凄婉的景致中。这一段读来，不免令人心生些感伤……可是作者接下来的诗句却笔锋一转，进入另一重对比强烈的情境，让人又顿时心胸舒展而豁然。"身子一沉│泥土的芳香│沁入其中│深深浅浅│沁入其中"。

是啊，叶离了枝头又怎样？失了俏丽倒影又如何？且看这柳树的魂魄归了泥土，一段生命形态陨落，可是它在腐化为泥的过程中，得到了泥土的芬芳；且与泥土相转化的过程中，丰富了土壤的营养物质。这让我不禁脑海中迸出诗句"落红不是无情物，化作春泥更护花"。作者以一种凝练的现代诗歌语言，"异曲同工"地表达了此境界。

一千多年前的陶渊明，在他的《归去来兮辞》中，就感叹过他对生命消逝的理解"寓形宇内复几时，曷不委心任去留"，"聊乘化以归尽，乐夫天命复奚疑"。洒脱真性情的陶潜，道出了生命的体悟真谛：安于自然，顺其自然，回归本心，即使走到生命尽头，又有何可哀伤的呢?!

同样作者也是通过这首诗歌的形式，和千年前的诗人共鸣、共和，表达对生命的"任自然"态度。

诗的最后，我想起了陶公的另一首诗句"死去何所道，托体同山阿"。当我们将肉身视作只是灵魂的一个居所，一副皮囊时，当肉身消灭时，只要我的灵魂足够干净、内心足够丰盛丰盈时，那么在这个意义上，死是无所畏惧的，而我的精神将于天不老。

今日小满

四月中　小满者
麦至此
方小满而未全熟

生涩已褪
小得盈满
未来可期

花看半开
酒饮微醉
弦月无云半壁开

莫爬山顶

勿蹲山脚

半腰望尽天涯路

饭吃七分

茶斟留白

万事但求半称心

李翁半半

世人吟吟

浮生岁月悠悠闲

时令小满

光阴哲思

半里乾坤为大得

写于 2020 年小满

注："李翁半半"为清代李密庵的《半半歌》。

评析（一）：邓伶子

小满，是一个最具中国文化智慧的节气。蕴含着小满的人生修行是"一半"。记得杭州灵隐寺内，挂着这样一副对联，千百年来，禅机妙语点醒世人：

人生哪能多如意，万事只求半称心。

此联之精妙在于一个"半"字，值得玩味，让人颇生感慨。"半"是一种生活态度，一种心灵状态，一种人生智慧，一种处世哲学。"半"字哲学，意在暗示：人生没有百分之百的圆满。

潘肖珏老师的新作《今日小满》，全诗凡82字，共七处及"半"，共八个"半"，窃以为"半"字为此诗之诗眼。作者借小满节气，表达的是中国传统文中"满招损，谦受益"的"半"文化的理念。

中国传统文化中，常常以"半"的视角来观照人生百态、风俗世情。比如，我们常常听到和说到的一些话：莫扯满篷风，常留转身地，弓太满则折，月太满则亏……这些都是"半"的生存哲学。

"半"文化也就是将儒家哲学和道家哲学糅合起来的一种中庸的处世态度。诗中最后一句"半里乾坤为大得"，实乃精髓之意！

评析（二）：汪洁

了解作者的人都知道其创作的诗歌，是来自灵魂深处的智慧咏叹调。这首新作，也就同样离不开她那永恒的自然寄托，生命思考与哲思之辩。

"四月中｜小满者｜麦至此｜方小满而未全熟｜生涩已退｜小得盈满｜未来可期"

起始段，作者讲到作诗之时，节气恰逢小满。明明是阳历五月，可她却偏偏采用阴历"四月中"来点明时间。而恰恰这三字，其实就透过阳与阴的转化，巧妙暗自点题，道出本诗歌之灵魂——"中"。

作者应景地铺陈联想到孕育万物自然的天地。麦苗恰逢青黄相接之际，麦浆充盈麦穗，神奇的生命果实已然滋长，它们婷婷于麦田间，幸福地期待，等待秋风吹麦浪，随风而舞。吟唱它们的果实，将让这世间的人们得以果腹，将会播散入下一季的人间，滋养未来。而作者希望幻做那麦田的守望者，不仅守护麦田，也守护灵魂，还守候人间真情。

"花看半开｜酒饮微醉｜弦月无云半壁开"

诗云"花未全开月未圆"，书《菜根谭》道"花看半开"，苏轼把酒对青天，手足之情寄明月："不应有恨，人有悲欢离合，月有阴晴圆缺，此事古难全!"作者妥帖融合化用所有这些诗意。"弦月"无云遮蔽，却有彩云追！纵使半边碧玉，一样清辉照古今。曾国藩从这花月间得到启示，最为赞赏这种人生姿态"求缺惜福"。因为，世间安得双全法，不负如来不负卿?

"莫爬山顶｜勿蹲山脚｜半腰望尽天涯路"

入世在凡尘，总得找寻自己的路。挑战山峰，获得成功，是众生的追求。但千里之行，始于足下，既然心在远方，那就不要匍匐山脚，望高山而叹。征途的路上，不断超越自我，披荆斩棘……总有人会生出"人定胜天"之心，想登顶，阅尽风光。可是最后却像希腊神话中的西西弗斯那样，推着巨石上山顶，巨石不断滚落，终是徒劳。作者智慧道破：莫爬山顶，高处不胜寒；勿蹲山脚，不能固守原地；而半腰，刚刚好。仰可揽巅峰雄奇，俯能拾山麓灵秀，望尽天涯路。

"饭吃七分 ｜ 茶斟留白 ｜ 万事但求半称心

李翁半半 ｜ 世人吟吟 ｜ 浮生岁月悠悠闲"

这两小节，精髓用字在于"半"。香茗朵颐逍遥过一生，粗茶淡饭闲适也可过一生。口舌之欲，仅求符合自然养生之道即可，何事奢求欲无穷？饮茶俯仰间，你会发现：人生无常，何妨只求半称心，常想一二，不思八九。浮生岁月长，流水不争先。

清代李密庵吟咏的《半半歌》，通篇半字，皆是儒家中庸思想，"半"以贯之。

"半"只是一个度量的概念，它是在动静变化中相互变化的，它可能是七分，也有可能是三分（比如饭吃七分，话留三分）。这个流变就是中国传统文化，易的智慧。

"时令小满 ｜ 光阴哲思 ｜ 半里乾坤为大得"

作者而今也是入得"古稀"之年，这一路行来，有波澜，有低谷；有含苞，有绽放；逢过苦难，遇过险滩……终究随着光阴的力量，将所有酸与甜，苦与涩，酿成一杯足以令人微醺的酒，一杯唇齿留甘的清茶。回首向来萧瑟处，归去，也无风雨也无晴。

　　拈花笑看，半里乾坤。舍也是得，既获大德，也获大得。

二

沐浴真情

饭桌上，总是起身的人

八仙桌　围着七个人
赚钱人　独坐一边
五双雏眼
目标　一桌菜肴
齐刷刷　齐刷刷
贪婪地　贪婪地

独坐一边的　启动筷子
五双筷子　迫不及待

端上一碗汤
刚坐下

飘出一声：
"瞧我这记性啊，
汤勺忘了"
她　起身

淘气小弟
居然
把手里的筷子吃到地下了
她　起身

"嘀铃铃、嘀铃铃"
房间座机响了
她　起身

磨蹭小妹
碗里米饭　没了温度
她　起身

某人杯中物
见底了
她　起身

桌上　盆内

五颜六色　褪去

汤汤水水　霸着

她

不起身了

评析：余静

拜读潘老师的佳作，被老师追思母亲的真挚情感深深打动。

"谁言寸草心，报得三春晖"。

我出生的 60 年代，正是三年自然灾害、那个物资匮乏的年代，孩子们对食物所表现出来的饥渴样子还是能想象得到的。所以，"齐刷刷｜齐刷刷｜贪婪地｜贪婪地"虽寥寥数字，却写活了那个画面。

两个"独坐……"道出了父亲在家的地位，"严父"的模样也跃然纸上。

六个"她｜起身……"层层递进把"慈母"的形象刻画得淋漓尽致，拨动心弦。

世上的母亲多么地相像！她们的心始终是一样的，我想起了自己的母亲，想起了一个故事《妈妈爱吃鱼头》……

白居易写过：辛勤三十日，母瘦雏渐肥。诗描述的是母燕辛苦喂养雏燕的行为，从而深刻体会父母的养育之恩。

　　父母皆艰辛，尤以母为笃。

　　拜读了这首诗歌，让为人子女的我们，更生出反哺之心，要善待我们的父母。常言道："乌鸦反哺，羊羔跪乳。"动物尚有回报之心，人不更应如此吗？不要"子欲养而亲不待"啊！

蓝天白云

君随蓝天至

我追白云去

借风会高远

玉阙悠然见

入梦梦不醒

出梦梦依在

此时君与我

何处容尘埃

写于 2017 年 8 月 24 日

评析：李彧子

2018 年春节后与潘老师小聚闲话，聊至行文作诗，见潘老师的作品多充满人生哲理，赞叹不已。自愧阅历疏浅，只会些抒情的题材，恩师道亦有"情诗"与我品鉴，如是得观。

读罢，泪潸然。迄今为止，头一次因诗文而感怀如斯。诗词构情境，情境即心声，那一刻，我恍分入了另一个世界。

一个熟悉而渴望的身影，若隐若现，飘然从天空降临，他不就是我日夜思念的人吗？他来了，真的来了。他的笑容如同绚烂的阳光，像以往一样伸手来牵我。握住他手的那一刻，那么的温暖、安心，周身血脉舒张，竟幻化出许多的云彩，身子都不感觉重量了。

我能清晰地感觉到风轻抚摩挲我的脸颊，追随萦绕着的云彩，升到天空里。回望那地面的建筑越来越小，越来越淡去了，而远处的仙雾中悠然初现的，竟是人间不曾有过的琼楼玉宇，在强光的照射下，闪耀着光芒。我转头凝望他的双眼：那便是要带我去的地方，那便是我们的居所吗？

……沉浸在这迷雾中，我醒不过来。也许我的身体醒了，但心还在梦中。即使是我睁开双眼，却依然看不见现实的东西。那云彩，还有我那心上人，他仍旧在我的眼前，与我相依偎。我惊讶地发现：这样的依偎不同于肉体的触觉，这竟是一种灵魂的相融。那些世俗的东西，再也不可能夹杂在我们之间。

自古迄今，云天最为诗词家所青睐，天之空瀚，云之霓幻，堪绘千般境，能言万种情。太白"月下飞天镜，云生结海楼"的仙逸，"白云升远岫，摇曳入晴空"的旷远，太多的人绘了太多的景，留了太多的情。潘老师这蓝天白云，却又是一种云天最为朴素，恰恰又最真的情。

蓝天和白云从不分离，诗题为"蓝天白云"寓意希望可以与相恋之人永远相伴。"君"是蓝天，我便化作云朵，你中有我，我中有你。这不是一个简单的比喻，更是一场灵魂的交融、生命中可遇不可求的对视。这种灵魂的沟通已经摆脱掉肉身的束缚，更没有年龄的限制。若是灵魂的羁绊，可以无畏性别、物种。这一世是夫妻、爱人，有着爱恨纠葛、悲欢离合，谁又知上一世，是否我只是你门前一株草，不能言、不得语…下一世只要能够相伴便已经是很好，而两个灵魂在一起最好的方式可不就是蓝天、白云么。

适有挚友，亦喜诗文，便将此诗发与共赏，不多时候，便来回复，记如下："《蓝天白云》一诗，在结构上似合李之仪《卜算子》，有古风，语言风格兼有古体诗和词的感觉，有《国风》之清新平实感，又空灵自然，不矫揉艳丽，使人不禁举目望苍穹，把心打开，却又收拢，悠悠然放不下，情思绵绵，却不强作哀苦，让人心生美好，为佳作。"

斯人着眼，侧于结构手法；或许因和潘老师相与数年，见诗若人，更亦想起老师诸多往事，恰逢读时自己亦独处，心汇神驰，泪眼难语。

天为云之君，云为天之心，但愿长相伴，莫问晴与阴。

作者的话

析文让我惊倒，作者将我的小诗悟得如此透彻！

我N次被人盘问，诗中"君"为何人？

正值步入"不逾矩"之年的我，回首庸庸一生，什么才是最大的快乐呢？思忖再三，答案是：伯牙得子期，其快乐莫大于焉。

"子之听夫志，想象犹吾心也。"这是高山流水式的知己啊，这是耳与心的呼应，这是灵魂与灵魂的交融。这是一种有碰撞，有交集，有渗透，有共鸣的精神家园。如能此，才会让人有一种"蓦然回首，那人却在灯火阑珊处"之境界。

故之，诗中"君"为何人？无需赘言。

陈酒吟

一坛封存了 50 年的陈酒

盖子

被人轻轻掀起

醇厚

甘甜

沁人心脾

有人醉了

醉在陈酒的怀里

气味中

闻到了世界

山水会变

云裳会旧

可这浓浓的陈酒情
似日月
不老
似天地
不灭

写于 2017 年 2 月 19 日

评析：程冲冲

第一节中诗人以"50 年的陈酒"为引，名为写酒，实则暗喻酒里酝酿的却是自己的人生。50 年，风云已变化万千，人生飘摇过半，说出来容易，经历起来却是五味杂陈，一言难尽。人到中年，莫不是生儿育女，养老送终。然而，作者的 50 年，又增加了两门课程，生命的探索和实践。如果不加思考，顺着命运之流，也许这坛酒就没有如此的"醇厚"和"甘甜"了，恰恰不服输，不随波逐流，不妄自菲薄，探索问题究竟，另辟蹊径，终于，探出"黑洞"出路。在诗人看来，这一壶酒就是用自己的人生而酿造的"人生陈酒"。诗中"气味中，闻到了整个世界"正如人的精神散发出去，给更多人带去"香气"。

在第二节中，诗人由酒引发感慨，由酒回顾人生，开始向自己探索。没错，什么都变了，但什么又都没有变，冥冥中总知道有一个不变的自己。变了的是肉体，是岁月，不变的是不惧怕、不懈怠、不放弃、从容以对的心——"似日月""似天地"。

别人都是向生而活，而诗人却要"向死而生"，如没有这样的气概，谁能把握自己的命运。人，什么时候真正掌控自己？生时依赖父母；活时，不管感情或物质，莫不依赖亲人子女；那么，生病时、痛苦时、临死时，又将依赖谁呢？——独立，心灵的真正独立，亟待唤醒。

50年，没有因山河变换而伤感，而为自己走出人生的阴霾而开怀。偏离人生的轨道，却看清了人生，生时明明白白，死时方能明明白白；生时浑浑噩噩生死时必当浑浑噩噩。诗人更是借陈年老酒之力，劝言，莫要欺骗自己，抒发自己坚定而又洒脱的情怀：

干杯，向苍天！唯有您懂我对命运的挑战的决心；

干杯，向大地！唯有您为我的决定做坚强的后盾；

干杯，向山河！唯有您在我探索之路为我做伴。

我以明亮的心灯，照亮前进的旅途，累了又何妨，醉了又何妨，我知道，她，就在那里，她是明亮的，她是善良的，她是慈悲的，她是在你内心最深处的。

醉了吗？当然醉了，酒和人生已经融为一体，品味酒，就是在品味自己的人生。

暮春

——50 年后中学同学聚会有感

曾经　我们

一起狂妄过

一起文艺过

一起梦幻过

过去的曾经

谁可留

花落水流

然——

少时同窗，半世情

滴滴渗透，牡丹影

互道珍重，杯中味

难得醉于，暮春吟

写于 2017 年 5 月 4 日

评析：季培敏

诗作描述了跨越五十年的两幅场景：

追溯五十年前，一群十六七岁的青年，正是如歌的年华，莘莘学子，多少梦想，多少情怀，偶有些许轻狂。

谁曾想，历史却演绎了一场噩梦，花儿没有盛开，似乎一地败红，一江逝了了。

"然——"千钧一字，蕴含了一腔没有抒发的热血和温情。

"然——"他们没有沉沦。

"少时同窗｜半世情｜滴滴渗透｜牡丹影"，今日重聚首，半是沧桑的脸庞，透着少时的余光。喔，还有丹青七彩续写着当年未曾绽放的牡丹。

一群几近"不逾矩"之年的夕阳人，在白发苍颜之时，扫尽尘埃，走出纷扰的人群，相聚在属于自己的时间里。他们并不去回味过往的深深浅浅，而是保持一颗明净若秋水长天的心，让岁月，安然抵达人生的彼岸。

113

"互道珍重｜杯中味｜难得醉于｜暮春吟"，今日手中香醇的不是杯中物，而是陶醉在暮年重温的青春里。此乃诗的主题"暮春"也。

握紧　紧握

爱

是有了铠甲

也有了软肋

坚强的

也是脆弱的

悄悄地来了

也会静静地飘去

线　在哪儿

抬头　看不见

低头　手心里

握紧手心里的线

心肾相拥

握紧手心里的线

水火相济

握紧手心里的线

声气相求

到老　到死

握紧　紧握

写于 2017 年 3 月 19 日

评析：李珉

　　一首好诗，通常以她独特的意境、精美的诗句，或者朗朗上口的韵律吸引读者，然而，这首《握紧——紧握》，则不止于此。在她质朴无华的诗句下面，潜藏着醇厚的生活底蕴和情感波澜，会在不经意间直击读者的心底，会隐隐牵动每个情感路上的过来人的心弦，会触碰人们心中那块已沉睡多年的、或许还留着疤痕隐痛的地方。

　　在经历了两次陪伴在身边的人转身离去的情感波折

之后，按常理说，诗人完全可能"不再相信爱情"。然而我们却在这首诗中品读到——在这薄情的世界上，诗人不只是深情地活着，而且依然深情地爱着。正如纳兰性德诗中所言："意到浓时怎忍舍，情到深处无怨尤。"

这首诗歌的诗魂，是诗人希望用生命"到老""到死"来"握紧""紧握"的"线"——那是一根看不见却无时不在的隐形情感之线。千里姻缘一线牵，诗人却没有用"牵"来表述这根线。因为这条"牵"在一起的姻缘线，未必能让恋人或者伴侣相伴久远。诗人也没有用"拉""扯""连"甚至"拽"，因为强扭的瓜不甜，生拉硬拽的姻缘线，幸福指数不可能高。

诗中一个"握"字，包含着诗人对爱情的大彻大悟；而"握紧——紧握"中顶真回环的运用，以及诗中多处对照、排比、反复的运用，更是让人加倍领悟到——诗人捧出一颗真心在反观人世间的姻缘之线，让人感受到诗人对姻缘——哪怕是已然离去的姻缘的反思：爱情需要珍惜、需要呵护、需要经营，需要"握紧——紧握"。

如果人生可以重新来过，诗人和读诗的人会不会从这首小诗中，悟出一些情感哲理呢！

作者重新拿起诗歌之笔，激活生命中原本就充满诗意的土壤，是在她的古稀之年。这是在她几次三番战胜重症之后，是在她经历了两次离异的婚姻之后，是在她一次次"向死而生"之后。作者不是诗人，却把自己的人生旅程活成了一首诗，活成了一首值得一品再品的长篇叙事诗、抒情诗、励志诗！

"诗若其人"，"人若其诗"。

恩重如山

——悼念母亲逝世八周年

西风追秋叶，
寒露湿枯藤。
天地别悠悠，
人间思切切。

一生灌宅苑，
几度咽困苦。
临行赠把梳，
意祈安康愿。

初稿于 2017 年 11 月 11 日

修改于 2018 年 1 月 28 日

评析：季培敏

这首诗是作者追忆母亲而作。年年到了西风寒露时节，作者就会感怀。思绪追寻落叶而去，泪如寒霜，顿湿枯藤。先人已去，阴阳两隔。倏忽八载，思思切切跃然词间，慈母之影，从笔下汩汩流出。

"一生灌宅苑｜几度咽困苦。"母亲的年代，曾经的艰难困苦，同时代的我们身受感同。她一个弱女子，一肩挑过。其中艰辛尽在寥寥数字之中。

弥留之际，代替金银赠予女儿的仅仅是一把梳子，想必代表了老人对儿女们健康的期许，更是对生活的感悟和指点。

母爱是世上惟一没有被污染的爱。郑振铎曾说："成功的时候，谁都是朋友。但只有母亲——她是失败时的伴侣。"所以，一旦失去了"恩重如山"的母爱，子女们才真正知道："十月胎恩重，三生报答轻"啊！

酒枣

——父亲节感慨

幼年　怕父

清高　刻板

冷峻的脸

不怕的时候

傍晚

八仙桌上

几碟母亲刚刚烧好的下酒菜

桌边

我踮着脚

题字：吕军

一瓶泡了许久的

酒枣打开了

香味

夹着粉色

飘向角角落落

我　贪婪呼吸

一只大手

将三个酒枣慢慢推向我

一只小手

将印着父亲柔柔目光的酒枣

缓缓放进嘴里……

"辣"

皱眉　吐舌

红了脸　流了泪

"课桌三八线　讨厌"

翻动着嘴里的酒枣

让自己的声音带点鄙视的辣气

父亲品了一小口
酒气飘出的话语
犹如"慢三步"：
让女儿
明一个"白"

与父亲的聊天
如春风杨柳
似好友相聚
像高山流水
大海远航……

酒枣翻到九个
一男孩出现
父亲的目光
夹着点酸

生命的日历
父亲近米寿
我也入"不逾矩"之行

生命里的

酒枣

我　魂牵梦绕

亲吻　亲吻

2017 年 6 月 18 日父亲节

评析：季培敏

　　说潘老师的思维活跃，大概还不足以体现她的本真，还是用"跳跃"似乎更确切些。几个不相干的景与物可以舞蹈于同一个平面，初看极不谐调，有时更觉得缺少了些诗的元素。待顺着她的思路细细复嚼，原来是她的思维的跨度有点超乎常态，拥挤在需要简练的篇幅有限的诗作里，自然的跳跃之间，舍弃了许多词句之间的"联"与"缀"，我姑且称其为"留白"，就如同一角白纸之于一幅水墨画一样。

　　"酒枣"是潘老师童稚的回忆。上世纪六十年代前后的两代人生活情景。一桌下酒菜体现母亲的持家，几枚泡了酒的大枣，展现的是父亲严下之慈。要知道那个年代的父辈的形象一般都是严而又圣，代际之间一般不苟言笑的。

踮脚，深呼吸，终于酒枣入口，然后皱眉吐舌，一系列的小画面童趣盎然。"课桌三八线"打断了我的思绪，是与父亲分享学校里的故事，这一对父女，大概无话不谈。潘父知识极渊博，所以春风杨柳，高山流水，海阔天空，父女之间也可以酒里乾坤，杯中日月。

酒枣可以吃到九个的时候，一个男人带走了女儿，对于父亲来说，些许无可奈何，人之常情。

"生命的日历"一句翻过半个世纪，当年童稚如今已近七十，老父九十又四矣。人还都健在，酒枣也常在梦里牵绕，因为那是一段生命的点缀。

我的父亲母亲

父亲
国字脸　工程师的脸
棱是棱　角是角
酷似他的名字：克强

母亲
虽非鹅蛋脸　却是女神的脸
有点柔　有点倔
恰似她的名字：剑英

父亲是独苗
母亲是独女

应了一句话：
"吴越人家少子女"

青梅竹马　有点
两小无猜　也许
但终究
还是父母之命
父亲　别妇深造
母亲　空房孤影
······

荣归故里时
已是雏丁绕膝

家庭交响曲
从此　拉开序幕
可
总不在一个调上

兴趣　爱好　文化底蕴
是把杀猪的刀
刀刀奏不出和谐之调

不同调的交响曲

奏了一甲子

然

调　可以不同

人　永远不弃

母亲　未满米寿

先告辞

父亲　白寿不到

再见母亲

"同穴"

"对，同穴"

这个调

如此和谐　如此坚定

我的父亲母亲

写于2019年国庆前夕

评析：兰晓鹏

真想不到潘老师的父母有那么多的不同，或说相处时的障碍和困难，一个有棱角，一个有点倔。两个都是习惯一个人生活的独苗。两个人的结合主要是父母之命的原因。而离家深造的父亲又留下了两个人相处上的空白和疏离。然而更大的挑战是他们在兴趣爱好和文化底蕴上，不能高山流水，琴瑟共吟。然而，他们却活得那么高寿，六十年的婚姻生活一直到死都相濡以沫。这是一件不可思议的事。他们婚姻成功的秘诀是什么呢？

在诗词的最后一句，潘老师给我们展开了人生历史的画卷，给我们一把打开这个秘密的金钥匙，那就是"同穴"。生同衿，死同穴。生当同裳，死当同穴。这个表达的生死与共、不嫌不弃的、不舍不离的爱。

这份爱让他们白头偕老，使他们彼此忠贞不渝。这份爱让他们在不同时能够谦让，这份爱让他们能够宽容对方。这是一份无条件的爱，里面有许多牺牲和奉献。这份爱是为对方着想，舍弃自己，成全对方。

这份爱也就是在西方的婚礼中新郎和新娘彼此许诺的那一份爱："我如今郑重承认你做我的妻子，并许诺从今以后，无论环境顺逆，疾病健康，我将永远爱慕尊重你，终生不渝。愿主垂鉴我的意愿。"

喜欢诗词的我，填词一首《秋波媚》，歌颂赞美这段忠贞不渝的爱情故事。

秋波媚
——敬献给潘老师的父母

天作之合爱情长，岁月满庭芳。

情真意切，患难与共，福寿绵长。

白驹过隙风和雨，互爱任沧桑。

相濡以沫，白头偕老，真爱无疆。

潘老师在国庆节前写这首诗，有特别的意义。当我们庆祝新中国七十周年的生日时，她想到了父母那一份忠贞不渝的爱，也愿献给祖国母亲。我们爱国，不是口头上的，或者短暂的激情，而是至死不渝，同甘苦，共命运的，不舍不弃的真爱，"同穴"的爱。

那人

被牵挂
再淡的水
也是香的

被体温
再长的夜
也是暖的

被思念
再酷的天
也是爽的

那人
也许不在眼前
也许不在耳边
却
在经络里
在脉象里
在彼此的命里

命里的彼此
似
切不断的水
犹
掐不灭的光

或许　有一天
化作沧海一粟
升腾流光一道
可这
人间的四月天
依在

写于 2017 年 4 月 13 日晨

评析：李洁

《那人》是一首爱情憧憬诗。

那人，也许不一定是具体的某一人，更似心中向往的一个人。

首段被牵挂、被体温、被思念是爱情感知予人的一种感受。被动句的使用让人更加切身地感受到爱情的温度，如梦如幻，充盈了生活的角角落落。

爱情的魅力，源于思念，苦涩的，而又是享受的，苦不觉苦，因为心是暖的，再寒冷的夜也是幸福的。因为思念，内心不再恐惧不再失落，因为思念，充满了生活的力量和前行的动力。

第二段，情感继续升华，爱情让"那人"与"这人"已融为一体，成为生命的一部分，忘不掉更断不了。本段的暗喻加剧了情感表达：似水，似光，成为生命的灯塔。

末段是"或许｜有一天｜化作沧海一粟｜升腾流光一道｜可这｜人间的四月天｜依在"。

歌颂爱情是人类永恒的主题。

全诗情感饱满，层层推进，感染力极强。

七夕感言

你不是

迢迢牵牛星

我也不是

皎皎河汉女

你不是

青埂峰下的灵石

我也不是

灵河旁边的绛珠草

你和我

是

云对雾的缠绵

根对叶的呼唤

深深的话　浅浅说

长长的路　慢慢走

走进天穹

走向大海

写于 2019 年七夕节

评析：汪洁

品读着眼前这首诗，令画面闪回到汉乐府诗《迢迢牵牛星》中。"河汉清且浅，相去复几许？盈盈一水间，脉脉不得语。"

中国的传统文化佳节都绕不开思亲、念祖和团圆。而唯这"七夕"佳节不同，寄予着国人的别样浪漫情怀。都说中国人对于情感的表达，自古历来都是含蓄内敛，而鲜少外露而奔放的。而这"七夕"良宵的起源，确是一段天上人间炽烈的不了情。

牛郎织女的爱情传说，最终化作那美丽星辰，载着人间的凡俗期盼，穿越千载时空，上演着中国人的情

138

人节。

可本诗作者却用"你不是｜迢迢牵牛星｜我也不是｜皎皎河汉女"的连续否定，感怀"七夕"。为何意？

紧接着，作者又同样否定了小说《红楼梦》中"木石前盟"的宝黛之爱："你不是｜青埂峰下的灵石｜我也不是｜灵河旁边的绛珠草"。又为何意？

正当我们纳闷时，诗的第三段解开疑惑："你和我｜是｜云对雾的缠绵｜根对叶的呼唤"。原来，作者更愿意爱情的姿态是，两者融入彼此生命，即不分彼此，又相对独立。云对雾是一种生命的升华，由水蒸腾而来。而叶对根是一种生命的新替，在生命的尽头，终将叶落归根。这兴许是爱情的最高级形态，将其情融进生命的每一个进程，而非是迸发的一时激情。激情是难以维系终生的，而维系一生的反而是"淡如亲情"。所以我们，"深深的话｜浅浅说｜长长的路｜慢慢走"。

当你有天穹、大海般的心怀，那么你就更能跳脱开自己起初狭隘的生命体验，跳脱爱欲纠葛，而做到"不以物喜，不以己悲"。

因此，在爱情世界，你不应该是那青埂峰下的灵石，我也不应该是那绛珠草。不想生生世世用泪来偿情。尽管《牡丹亭》里有一句名言"情根一点是无生债"（"情根"就是"青埂"）。

139

至此，我们终于明白，作者所要寓意的，恰恰是：每个人都是被劈开成两半的，一个不完整个体，终其一生在寻找另一半。因此，每逢七夕，牵引多少人感怀探求"知己爱人"。

妙哉，这首《七夕感言》！

四月烟雨

四月的烟雨

好与大地缠绵

时而　淅沥

时而　霏霏

雨珠　滚在油纸伞上

遮住了

多少无理的情缘

为　花烛鸳鸯

为　柳下爱侣

任凭　种种

将他们搁置于
时光的两岸
聚散依依

雨珠　滚在油纸伞上
遮住了
还是　遮不住
那丁香般的惆怅
那樱花容的忧思

雨珠　滚在油纸伞上
遮不住
是爱　是暖
是希望

雨珠　滚在油纸伞上
遮不住
人间四月
婉兮清扬

写于 2020 年 4 月的雨天

142

评析：余静

　　林徽因的《人间四月天》和戴望舒的《雨巷》实在是太深入人心了，以至于在看这首《四月烟雨》时，脑海中老是交替闪回着三首诗，比较着，揣摩着诗作者所要表达的意境和情感。

　　四月，是踏青的季节，也是一年中最珍贵的季节。在这样的季节里，多少文人墨客雅士，尽情挥洒笔墨，写下心中的爱，写下一季的心情。

　　四月的雨常常被描写成"阴雨"，或者"淫雨"，总是让人感觉不舒服，但诗人用"雨"和"大地"的"缠绵"，不由得让人觉得这雨，下得不再让人觉着"阴郁"，而是一种浪漫。虽然诗中也有"丁香般的惆怅｜樱花容的幽思"以花寄情，但往下阅读就知道，未必是在表达"满腹的心事，无限的烦忧"。

　　但一句"多少无理的情缘"很是特别，耐人寻味，细思量，其中这个"无理"，不由得让人联想到了诗人也许有着不同寻常的爱情和坎坷的婚姻，再读"花烛鸳鸯""柳下爱侣"，承受着"任凭｜种种｜将他们搁置于时光的两岸｜聚散依依"，被迫分离的无奈和感伤，不禁酸了鼻翼，湿了眼眶。

再坚强的女人，内心深处都渴望拥有一份温暖的爱情，或许自己的坚强已经足以抵挡风雨，但还是想遇见一个像大树一样的男人，懂你，疼你，在你累了的时候能给予你坚实的肩膀，不管多么坚强的女人，都有脆弱的一面，只是把坚强当成了保护伞！

诗中出现的"是爱 | 是暖 | 是希望"的呼唤，表达了诗人似乎在期待什么、追求什么……

最后两句"人间四月，婉兮清扬"，让我们看到的是所有的"惆怅""烦忧"……都遮不住这美好的四月所呈现出来的万物复苏的美好景象，还有这四月如"初恋转瞬即逝"的景致。

喜欢这首诗。诗中透着婉约、清丽诗风的韵致，深蕴意境的优美和内容的纯净。多想摘一枝清纯的栀子花，别在诗人的胸前，让那淡淡的，甜甜的清香，化去忧郁的哀伤。

比翼双飞

——献给一对文学夫妇

天下美诗君第一，
家内良文妻紧依。
诗明吾目拭双眸，
文贯两耳叩我心。

写于 2017 年 11 月 19 日

评析：李彧子

诗歌作为一种文学形式，是宣扬和传递感情的工具，其中赠友诗又是文人相友往来的直接表达，形雅而意趣。

天下美的只第一家肉良
夫妻紧依诗的音日拭
雙眸交芸首年叩象心

满首弦比翼双飞诗一首
庚子年夏 远芳書

作者：远芳

《比翼双飞》是作者献给一对文学夫妇的友谊之歌，真挚表达了对好友的美好生活状态的赞美之情。首句便直发赞叹，表达出对这对文学夫妇诗文创作水平的赞美；第二句赞慕了夫妇二人以文为趣，琴瑟和谐、鸾凤和鸣的美好生活状态。三四两句潘老师直言对夫妇二人诗文的感受，文如清泉以明目，词若佳音以悦耳，宛立山水之境，清风扣心。

　　这样的夫妻感情，这样的生活状态着实令人羡慕。夫妻之间，肉体的契合是人生一大乐事，已是不易。然而，这仍然是同吃饭、喝水一样，属于动物最基本的需求。高等动物之所以高级，在于两者之间精神世界的契合，比如说三观。夫妻的三观不合，不能理解、认同对方，是非常痛苦的，三观吻合的婚姻一辈子都是非常舒适的。

　　行文作诗是更少数人能够拥有的一种能力，两个人能够在诗词中了解对方的精神世界，体会对方的心意，这简直就是高级动物的"精神做爱"，是旁人所嫉妒不来的"撒狗粮"。婚姻世界里，两性之间，超越肉体而以神合，这便是一种超越。就像文学夫妇钱钟书与杨绛一样，他们的感情因文学而超越一般的婚姻。钱钟书描述自己的妻子是"绝无仅有的结合了各不相容的三者：妻子、情人、朋友"。有佳人如斯，岂不令人感怀艳羡？

作者晚年回归诗歌，有此般良友，实乃快哉之事。简单一首诗，以"我"的角度去感受、赞扬了朋友之诗，更带领我们共领了这对夫妇美好和谐、精神共鸣的一种境界：真就如同插上了诗歌的翅膀，在精神的世界中如鱼得水、比翼双飞。

涅槃

——粉玫瑰记者团团长李珏重生五周年贺词

我和你
名字里拥有同一个字
身体里患有同一种病
性格里存着同一个色
生命里亮着同一盏灯

我，不得已，起舞冰河
你，下午茶，优雅煮起

我，笨笨拙拙流出笔尖
你，轻轻松松敲起键盘

我

想追赶你

然

你已

一览众山小

今天，是你涅槃重生五周年

你对我说

姐，不用追赶

我俩早已融入粉色的玫瑰中

写于 2017 年 4 月 6 日

评析：季培敏

认识潘肖珏有年头了，而另外一位"珏"则尚未谋面，虽然如此，通过文字并不影响我对之有一个大致的印象，虽然与潘老师相识有年，深入的了解却是通过《冰河起舞》。

同名是巧合，患同一种病只能说是不巧，不想探究俩人如何相识，这不重要，但有契机的情投意合者引以为同类，则是必然。

《冰河起舞》是潘老师不得已之作，读来令人起敬，因为同样的遭遇，李老师愈后的《薇薇安的下午茶》更显优雅。

潘老师自谦叙述笨拙——其实不然，更赞誉李老师驭笔轻灵，拜读过李老师的文章，堪称清新流畅。

一个说我仰视追赶你，一个说我们早已相融。

人间的友谊各有千秋，二位珪之谊，有如百花园里一朵最为温暖的粉色玫瑰，令人赏心悦目。

美丽星

——沉痛悼念林爱娟姐姐

皎皎空中　繁星点点

点点繁星中

美丽星　忽闪忽闪

美丽星

晶莹如银　清纯如镜

美丽星

柔情似水　善德无痕

月兔捧出桂花酒

吴刚递上平安糕

从此

入住神阙阁

神阙阁
无风无雨无雷电
神阙阁
无疾无病无疼痛

每晚　每晚
美丽星
在星空中　在繁星里
最美的　最亮的
送别太阳
迎接黎明

2017 年 8 月 13 日

评析: 诸林

　　潘老师与我妈妈林爱娟是好朋友。这首怀念诗让我思母之情悠然升起。

　　诗中把妈妈比作点点繁星中的美丽星：清纯、善良、柔情。恰如我记忆中的母亲：纯良的底色、乐善好施、有情有义。

如今妈妈入住天宫的神阙阁，从此再无病痛缠身，再无烦恼困扰；恰如所有爱她的人所愿，希望上天能厚爱她，让她在天堂无痛无苦无忧。

我多少次午夜梦回，梦中的母亲笑容依旧、平和安静、面色红润，温暖的感觉始终在梦中环绕着我。我愿神阙阁，无风无雨无雷电，更无痛苦。

此刻，清明将至，我抬头望星空，妈妈就是繁星中的一颗星星，低调安静、不求夺目、只愿默默守护所爱的人，一起迎接黎明。

感谢潘老师为妈妈赋诗一首，我感动于这份友情，也从心底里珍藏这份难得的情谊。并感恩所有帮助过妈妈和我们全家的朋友。

三

疗愈疾患

梦觉

我来到一个虚渺之地
既似危岩　又如深壑
地上　荆棘缠绕双腿

天如泼墨
空气　狰狞窒息

四周芸芸人众
生气全无
我的神经绷紧
我的血脉偾张
惊恐裹挟全身

世界是黑暗的
黑暗的世界
将吞噬这批生灵
其中有我

"跳下去!"
接二连三
争先恐后
……

嘶喊
听见了
又听不见了

挣扎
看见了
又看不见了

血光　前赴后继
直射我的心房
前脚　刚跨出
又缩了回来

"朝反方向　转身!"
一个声音　命令我
"不要跳　往下爬!"
还是这个声音

我的脑袋
乖乖让位于耳朵
我的手脚
被这声音使唤
指痕　一前一后
脚印　一浅一深

左手亲吻不了右手
右脚缠绵不了左脚
耳边　没了指挥声
心房　颤颤抖抖

前不见先驱
后不见来者
是往天堂
还是入地狱

风　被结了冰
敲击着我的脸庞
骨骼攥紧肌肤
上牙拉住下牙

忽地
一道光
劈开黑暗

我发疯似的去拥抱这道光
却发现
抱紧的是自己的肉体
地狱归来
双脚已在人间

惊梦醒来　神未醒
魂魄折返　灵已回
世界苏醒

写于 2018 年 3 月 5 日

梦的解析

人活着，就有梦。有的梦，随醒即忘；有的梦，终生难忘。

《梦觉》是我终生难忘的梦。

2005 年 7 月，乳腺癌术后十天，遵医嘱，我的病情必须：强化疗 + 强放疗。不然，人间蒸发，指日可待。

医学是严肃的，不容我与之讨论。

而我是一个被多种基础性疾病缠身的人，能不能承受如此的休克疗法？

我陷入了深深的纠结。

日有所思，夜有所梦。

我的生命我做主。我决定另辟蹊径，放弃放化疗，开启自己制定的"改变土壤"的自然医学康复模式：食疗 + 运动 + 细胞自愈疗法（包括经络疗法）+ 情绪梳理疗法。坚持了数十年，终于涅槃。

我选择遵循梦的指引，是因为我的潜意识与之同频。

感恩此梦，让我复活！

此梦，终生难忘！

好乳一把

白色的绑带底下
一对明月
陨落了

陪伴了我 55 年
胸前的遗址
卧着两条"铁轨"
成了"飞机场"女人

窗边的麻雀　跑来
哭了好大一阵
为这病房的唯一

好乳一把

题字：吕军

我

欲哭无泪

思绪　冲出天花板

追寻她

豆蔻之年

"春盎双峰玉有芽"

朦朦胧胧的羞涩

似有仍无

二七之年后

初逗芳鬐　徐隆渐起

变成"握在手里像睡熟的鸟"

自制了一副

笼子似的罩子

抑或罩子似的笼子

白色的细布

拥"雪"成峰

凹凸有致　玉立胸前

回眸的男生　一卡车

叫了一声

"挺挺"

史上陈大才子　云[1]

"自古英雄必争之地

从来美人温柔之乡

其色若何　深冬冰雪

其质若何　初夏新棉

其味若何　三春桃李

其态若何　秋波滟滟"

泪崩——

热恋时　一团红玉遭天妒

良性纤维瘤子进驻

动刀　取瘤　愈合

然

十一朵玫瑰[2]

朵朵滴血

映红了他的背影

动容——

郭诗人笔下[3]

"我把你这

比成着两座坟墓

我们俩睡在墓中

血液儿化成甘露"

销魂——

挼香作露时

那是儿子的粮仓

小手一双　捧着吮吸

就像在吹喇叭

此中滋味　可以醍醐

问号——

手术刀终于永远夺走了她

没有了她

还是女人吗

这世界是不是

没有女人　只有乳房

天花板不回答

麻雀不哭

注：

（1）"陈大才子"是陈独秀。

（2）"十一朵玫瑰"是另一半表示一心一意，可不久，

166

就转身消失。故云"朵朵滴血｜映红了他的背影"。

（3）"郭诗人"是郭沫若。

写于 2018 年 3 月 29 日

自析

2005 年我因乳腺癌失去了双乳，成了"零乳房"女人。在我的《该把自己交给谁》一书中专门写了一章《零乳房女人的追思》，倾诉了自己对失去一把好乳后的所思所想。

而今，想为之作诗一首，然，有人提醒我，写乳房必为非一般之人，而且必须是非一般之文，否则当不起。

我不苟同。

在西方文艺（如古希腊、古罗马的女性裸体雕塑）以及现代情爱文学当中，乳房一直扮演人类美好情感的主角；而在古代中国，占据这个中心位置的却是小脚，是三寸金莲。中国漫长的足崇拜传统，直到 20 世纪初盛行"放足运动"方才中断，同时西方的乳房崇拜漂洋而来，才开始落地生根。没想到，21 世纪了，文化上的认识还那么顽固。

乳房是女人重要的性别特征，它是哺乳的器官、爱的器官、性的器官、美的器官。

由于乳腺疾病而失去乳房的女人，自卑者不少。那些"少奶奶"们中，因此而伴侣转身者，更是成了隐隐作痛的心结。

打开心结的前提是必须直面自己。

"人生如逆旅，我亦是行人。"

评析：韩晟

初观潘老师的这首诗歌，难掩心中惊叹。没有想到她选择了这样一个主题，曾因知道潘老师此段经历，心中亦为痛惜；读罢诗文后，在喟叹之余又感到一丝欣慰，再回看诗文时，便觉是意料之外，而又尽在情理之中了。

"乳房"，似乎是中华诗词的禁忌之域。历史上并非无人去写，而多湮没于时之长河。"乳房"体裁的诗文创作尤难，稍有不慎便轻佻浮艳以近淫，即便是风气大开的唐朝，风流才子也只好在花街柳巷一施咏"乳"之能。

为何"乳"此美好在诗文中却"乳"此之难？有专家学者从古人的审美角度给出了解释。依我看来，中国传统文化绵延数千年的"礼"之框架对女子内敛、温雅、谨敬的要求，与乳作为副性征最易唤起人的原始欲望相悖，这便与正统文化倡导多有违逆，即便最为恣扬的诗词歌赋在"乳"的面前也很难酣畅。诗人在这种原欲前要保持足够的端庄、理性甚至是克制，方能展现出文辞之美，而非欲之本貌。因此，潘老师能咏乳，是一种魄力；更令人叹服的是潘老师所咏之乳为己之曾经，不似历史上诸多男性文人骚客般所慕她人之乳，最为令人击节。

诗歌所展，一重语言，二重境界，皆为情在。潘老师的此篇之所以令我叹服，除题材是我绝不敢涉及之外，根本的是立意。"乳"作为人体器官很难写出"意境"，能绘出令人着迷却不落浮荡的画面便是上品。或许因为老师特别的经历，此篇虽着笔于"乳"，在立意上却是上了一个境界，用"一把好乳"道出了一段不平凡的人生，语言形象、情真意切，是为难处落笔，方显真峰。

这是一首追忆诗歌，情落在了对乳房拥有和失去的追忆。通篇以倒叙方式，以时间为轴，回顾了自己的双乳的不同阶段的故事。豆蔻初芽似若无，二八徐隆桃李舞，是何等春意朦胧又生机盎然；温柔乡里拥雪峰，小儿粮仓吮醍醐，是何等令伴侣倾慕，使子女恋母；奈何红玉遭天妒，一刀竟留两坟墓，平遭劫难，再不复当初，是何等苦楚！人间可畏之事，莫过于失去，更何况于身体之重要器官，于女子如此重要之乳！若不经痛彻之悟，于心实难平复，我似乎从潘老师的字里行间中看到了无泪之哭，我想彼时应该是一种无法接受的苦。

欣慰的是，当读到潘老师此篇诗歌的时候，亦能知她的心早已走出那种痛楚，更多的是对生命的一种感悟。或许这一生中不平凡的经历更筑了其坚强达观之精神；而她在诗歌中不去避讳这个主题、这段过往而直面自己，更彰显其人格自信之魅力。我相信，物之失会有心之得。潘老师于知天命之年遭天妒，是为失；能安天命而愈冲和，是为得。诸君与我，相信所见之潘老师，得矣！

一把好乳，一段往故；一首好诗，一个诚祝。

自愈

造物主塑造了我
我却把生命钥匙丢了

高飞
折了翅膀
远航
丢了风帆
行走
断了股骨
爬吧
昏昏暗暗

自愈

题字：吕军

一种声音
撞击着匍匐爬行中的我

那声音
越来越强烈
把昏暗凿出一道光
金采铮亮
往里　往里
直拨筋膜
力摁死穴

那声音
越来越雄猛
吼叫非常
似虎似狮
往深　往深
震出污瘀
拔出淤罐

那声音
越来越剔透
身体之气

173

清上浊下

经无板结

络通百骸

生命重启

踵息　还原

真炁　归巢

元神　聚明

终于找回了钥匙

一股开花样的活力

充盈体内

生命　轻扬飞舞

生命　启航远洋

生命　行走在大自然的怀抱中

写于 2017 年 13 日

评析: 林子

相识近三十年，作者让我这个从不相信奇迹的人，相信并见证了奇迹。

尤其是最近二十年，我不断惋惜着作者的命途多舛，如她诗中所描绘的那样：折了翅膀、丢了风帆、断了股骨……，随即又不断惊奇着她的绝地反弹：踵息还原、真炁归巢、元神聚明……像一部悬念迭出的好莱坞大片，最终拨云见日。

如今她不仅生命重启，更是无畏地闯入了之前她从未涉足的王国，拿起诗笔，蹒跚学诗。

尽管在璀璨的诗歌长廊中，作者现阶段的诗并不起眼，诗语尚不流畅，诗技还嫌稚嫩，然而，凭着她那股子无惧而虔诚的能量与冲劲，只需假以时日，或许我们就能看到属于潘氏风格的诗，赫然独立于世。

所谓潘氏风格，《自愈》已见端倪。

首先是接地气，极其"及物"。以为源于老庄的踵息、真炁这些概念是玄学，没有对应之物，那就大错特错。不是所有的物都能被我们的眼睛看见，比如空气，连真空都不是，真的"空无一物"。BBC 纪录片《万物与虚无》已用量子科学证明，虚无并非无物。我们的宇宙就诞生于虚无，人类正是"无中生有"的奇迹。尽管老庄不知量子科学，但他们前瞻性的智慧与现代科学不谋而合，老子说："天下万物生于有，有生于无。"庄子说："真人之息以踵，众人之息以喉。"

作者探秘人体小宇宙的"自愈"力量，也如同虚无般看不见摸不着，但这绝非唯心，她的践行以及这首《自愈》告诉我们，它就在我们每个人的身体小宇宙中。

她的诗并非单纯出自头脑或心灵，而是出自"全身心"，是心灵对身体磨难的体验与超拔。只有身心交融，才称得上真正的"生命"，只有身心兼养，才是庄子所说的"养生"，或者作者所说的"生命重启"。

潘氏风格很独特的一点是以医入诗。我不敢妄言前无古人，至少可以期盼，不远的将来，诗不仅可以滋养我们的心灵，还能疗养我们的身体。

稚子学步，不免于跌跌撞撞的憨态，然而憨态可掬，无怪乎老子要诘问我们：能婴儿乎？在我看来，初执诗笔的作者，一如婴儿，元气充沛，了无拘忌，纵情投入诗的怀抱，开启人生又一春。

最后，借用博尔赫斯《岁末》中的诗句，为这篇写于丁酉年岁末的评析作结，并在新年之际，祈愿天下所有人，都能像作者那样，找到自己的内在小宇宙，爆发出绵绵不竭的生命能量，蔽而新成。

纵然有无穷的意外
纵然我们只是

赫拉克利特之河的若干水滴

我们对此奇迹的敬畏

却使我们内在的某种东西得以挺住

并且永不移易

世界是这样告终的

病床的白
嵌在死黑死黑的夜幕中
黑白的无常
在酝酿　悄悄

一个黑影
踩着左邻右舍
此起彼伏的呻吟
佝偻着
挪向高楼的窗前

窗下

有一只通向极乐世界的凳子

她把右脚艰难地搬到凳子上
左脚却黏在地上　牢牢地
一阵浓烈的钻心
腹股沟的瘤子发出的
毫不留情

月光
逐渐被黑夜侵吞
延伸出的阴影
笼罩在病床上的她

突然
走廊响起一阵
抢救车四个轮子的飞跑声
伴随一群匆忙的脚步
病房一串声嘶力竭
世界结束

世界是这样告终的
不是"砰"的一声

而是一筐哭声

写于 2018 年 4 月 9 日

评析：韩曧

读此篇诗歌，不禁唤起我内心无限波澜。

作者在诗歌创作上"缘事而发"，颇有乐府诗风，体裁宽泛，语言质朴，情感深厚，具有很强的带入感。

《世界是这样告终的》是一篇关于"死亡"的诗歌。

诗歌描写了医院病房内一个身患重病之人耐不住痛苦折磨而选择用"跳楼"终结生命的事件。诗歌大致可分三部分，起始便有佳句："病床的白，嵌在死黑死黑的夜幕中"，情景烘托，用"黑"与"白"直接交代了事件的环境、时间和情感基调。"黑影"便是主人公，在身边的"呻吟"声中"佝偻"挪行，去到那通往"极乐世界"的"凳子"。第二部分交代了"黑影"在挣扎中自我毁灭的过程，从"艰难地搬"到"牢牢地粘"，再到"浓烈的钻"，病痛的阴影就如同"月光"被"黑夜侵吞"，使她再无生的眷恋。突然，她周遭的世界乱作一团，走廊里慌乱的脚步，车轮的飞跑还有病房里声嘶力竭的呼喊，都与她有关，又都与她无关——她的世界宣告结束！第三部分是末尾三句，这应是作者的内心自白，直接道出作者对于死亡的看法：世界的告终不应是"'砰'的一声"，而是"一筐哭声"。

全诗手法上注重环境描写，营造出病人自杀时沉郁晦暗的环境氛围；诗人以近乎现场"见证者"的视角表现了整个事件，全诗未见一句宣泄之词，却能让读者内心激荡，"冷眼"更显"热肠"。诗文叙述在时间上有错落，甚至有打破时间藩篱之迹象，真切表现了人类在面临死亡时，心理时间超越了自然时间，表现了作者内心的波澜。"黑影"之前所有的无尽痛苦都随着一阵慌乱戛然而止，因为，对黑影而言，世界已经终焉。然而，作为"见证者"以及其他人，世界依然未变，人的悲欢离合，月的阴晴圆缺都如往然，不尽的生命在出生，无尽的生命在消散……

相信这首诗歌，会引起读者对于生命，尤其是死亡的遐思。死亡，是所有生命体的最终命运，既然存在，必然湮灭，之于浩渺宇宙的无始无终，人之微乎不及沧海一粟。若以一个独立个体为中心，其生命的终结便是世界的告终。而对于"人"这种高智慧生命体，人之于世，因其思维能力，"死亡"——俨然超出了自然的范畴——要有意义。

"死亡"的意义，最容易带来人生的最终拷问：一个生命体既然有自我定义"生"的权利，那么是否同样也具有选择死的"自由"？当然，我认为人最好能够在颐享天年后平和安静地和这个世界作别。然而世事无常，人生有幸福便会有苦难。从文学创作上，苦难之于文学或是一种催化剂，但却真的不希望苦难之于生命。很多经历苦难尤其是长期肉体、精神折磨的人会选择在生理机体还未终结时提前自我湮灭，正如作者笔下的"黑影"一样。我知道，作者在知命之年几历生死，经受了极大的死亡考验，或许这个"黑影"是她曾经的真实所见；我更知道，作者以惊人之毅力和卓绝之精神击回"死神的镰刀"，重新定义了自己的"人生"。

我想我能够理解诗歌中对于"死亡"的认知，人固然有"权利"选择用一些过激的方法结束自己的生命，然而这不是真正的"终"，自我世界的结束并没有完成社会意义的"结束"。作者认为生命要"终"于一筐哭声：人之生也，已啼哭而来而亲朋笑迎；人之逝也，已安然辞世而亲朋哭送，这是完成了社会意义的"终"。这才是真正自我世界的终结，或有苦难，心亦坦然，要表现出对"生"的敬畏，这才具有意义和价值。

宇宙无尽，生命有终。既然人的生命必然要在世上终结，那就要给予世界和自身足够的尊重。

我死你活

我亲吻了你
迫不及待

你并不喜欢我
但我却粘上了你

你的大门没上锁
你的窗户没紧闭
你的腠理对我开放

我们战争了
你死我活

我死你活

我的兄弟们
倒在你的子弹下
但很快
我就在你的子弹面前坚挺
是魔高　还是道高

我比你狡猾
有时　佯装熄火
伺机反扑

你也有高明的时候
乘我熟睡　把我赶出
我从此失去宿主

问世间
我为何物

写于 2018 年 4 月 17 日

评析：茉莉

这首诗，题目扎眼《我死你活》！读着，读着，耐人寻味，且表达手法独特！

人类与细菌、病毒的战争是伴随生命始终的。

"我的兄弟们｜倒在你的子弹下"，那是西医"抗生素""抗病毒"的胜利；"但很快｜我就在你的子弹面前坚挺"，那是西医的悲哀——耐药。

"乘我熟睡｜把我赶出｜我从此失去宿主"这是扶正祛邪的自然医学。

西医讲究"消毒"，自然医学推崇"排毒"。主流西医是对抗医学，而自然医学则是顺势医学。不管何种医学，加强自身免疫力才是王道，才会减少战争的发生，甚至不发生。

即便发生战争了，也能将其彻底赶出体内，没有"和平共处"的机会，不让其潜伏。

人体不能成为药品的"化工厂"！

不能让高科技裹挟"道法自然"！

这就是本首小诗的警示作用。

世界都在动，你为何不动

没有呼吸

踵息

不眨眼

弱闭

大腿纠缠小腿

双盘

拇指亲吻中指

手印

百会约见八髎

小周天

你的五脏

自在

你的皮囊

莲香

你的世界

静极生动

写于 2018 年 7 月 6 日

评析：栀子

这是将传统的"打坐"功法，用诗的语言表达。前半首是打坐的一般要领：调息、调心、调身。关键是调心，心不静，自然功无法成。

打坐的要领是放松、入静。至于诗中说的"踵息"，这是最高境界了。一般人不必追求。"双盘"是打坐的一种姿势，有人单盘，也无妨。"百会"是头顶的一个重要穴位，"八髎"是尾椎处的一个穴位，这上下能通，真也是不小的功力。

后半首是打坐功法的养生效果，这是需要好好坚持才能如此壮观的！

作者好以诗传播养生知识，语言不仅形象，且多扎眼，每每会引起读者的阅读兴趣，特别在诗的题目上。本诗题目《世界都在动，你为何不动》，奇特的问句，大大满足了读者的好奇心，点击率上蹿！

再坚持一天，太阳就将上岗

庚子年的那场雨

是一场

带着毒刺的团雨

前所未有

前所未有

不　淋在头顶

不　打在脸上

却

鬼鬼祟祟　悄无声息

藏进飞沫里

复制　复制

再复制

毫无戒备的宿主

魔高一尺

道高一丈

再坚持一天

太阳就将上岗

呜呼

埋葬

那场带刺的雨

写于 2020 年那场冬雨

评析：茉莉

　　2020 年是全地球不平凡之年，一场新冠病毒的瘟疫席卷了全世界。这是一场从未遇见过的人类考试。虽前所未有，但"魔高一尺｜道高一丈"，太阳一定上岗，太阳已经上岗！

肝风内动

你　将军之官
总领主局
谋略出焉

开窍于目
其华在爪
在液为泪
在志为怒

你有不规矩的时候
巧借东风
发动内策

让心灵的窗户

打不开

让仓廪的运化

罢了工

让丹田之火

蹿上首

让胸雪之柔

板成结

······

平定　平定

蒲公英　挂帅

两花　辅佐

你　纠错

升发　疏泄　条达

还原

将军之风

写于 2020 年 4 月 17 日

评析：栀子

这是用诗歌的形式，叙述了中医人体肝脏在春季易发的一种症状：肝风内动，肝阳上亢。从而引发的一系列症候群：

比如小诗中描绘的"让心灵的窗户｜打不开"，是指肝毒使得人在清晨醒来时眼屎黏住了上下眼皮。

"让仓廪的运化｜罢了工"，是指肝气犯胃，影响了脾胃的消化功能，没了食欲。

"让丹田之火｜蹿上首"，是指肝阳上亢引起的头脑胀痛。

"让胸雪之柔｜板成结"，是指肝气郁结引起的乳房不适。

紧接着，作者用拟人手法，开出了一张食疗方："蒲公英｜挂帅｜两花｜辅佐"，用药草皇后蒲公英与两花（玫瑰花与菊花）来泡茶，平定肝风内动。从而，还原肝脏的"升发｜疏泄｜条达"的功能，让生命自在运行，健康运行。

小诗构思新颖，前两段是叙述中医肝脏的作用，中间描写了肝风内动的表现形式，最后指出用食疗来缓解症状，使身体得以健康。

语言精练，风趣，表现力强。

烝

你
可能不认识我
但你
一刻也离不开我

在你
成为小蝌蚪的那刻
注定
你离不开我

母亲的"卧室"
你　躺了十个月

无

题字：吕军

没有我

你

无法面世

呱呱坠地

咿呀学语

蹒跚童年

青涩少儿

……

你的光阴

或蹉跎

或辉煌

不离不弃的

是我

可当你

消费了我

过度　过度

再过度

终有一天

油　快枯了
灯　要灭了

你会
喘着粗气
拼命找我

满世界地　找我
全地球地　找我
命门　神阙
内关　外关

终于
在关元
找到了我
一个奄奄一息的我

从此
你会宝贝我
因为
没有了我

也就没有了你

写于 2020 年 5 月一个不平凡的日子

评析：茉莉

这首诗，很特别。没有一点中医知识，有点难懂！何为"炁"？炁是一种形而上的神秘能量，不同于"气"。它是道教的专用哲学概念，也是特指构成人体及维持生命活动的最基本能量和生理机能。

作者是通过对人们过度消费自身能量，破坏生命体自行运行规律的不健康的生活方式的鞭挞，来激发人们对自身"炁"的呵护，敬畏生命！

诗中"命门｜神阙｜内关｜外关……关元"，这些都是中医经络的穴位，作者巧妙地一语双关，将"炁"的藏身之地进行了描述，此乃高超之笔！

附录：

关于"气"字，大约有三种写法，也代表了三种意义：

（一）"炁"字：这是古文的气字，上面的"无"，就是无的古字。下面的"灬"字，就是火的变体。古代道家的丹经道书，提到了"气"，便常用这个"炁"字。也可以说，无火之谓"炁"。但是怎样才是无火呢？在五行之中，心属"火"，所以无火之谓"炁"。做到息心清静、无思无虑之境，才是真"炁"缊氲的境界。

（二）"气"字：也是古文的氣字，籀文、篆书大多都用这个"气"字。强调些说，这个"气"字，也就是代表自然界的大气。

（三）"氣"字：是后代通用的气字，但从古代道家与中国古代医学的观念来说，这是人们吃食米谷之后，而有生命呼吸作用的"氣"。

死亡那些事儿

死亡那些事儿

奶奶说　不能说

妈妈说　不要说

孔子说

未知生　焉知死

蒙田说

未知死　何知生

生和死的数学式

是一道减法

减的过程

"路漫漫其修远兮"

向死而生

然
生的尽头
是一道除法
除的结果
为零　又非零
视死如归

死亡
似一朵白花
寂寂怒放在黑幕里

死亡
似一朵黑花
静静绽开在白云中

眼前一片静谧
八个大字嵌入其中
"生的平凡
死的美丽"

白花黑花

黑幕白云

写于 2020 年春季

评析：邓伶子

很多年前，看过一本书——《西藏生死书》，是一个叫索甲仁波切的西藏喇嘛写的，书中说的是关于生与死的那些事。

生存与死亡，是一个亘古不变的话题，亦如潘肖珏在她的新诗《死亡那些事》中写的那样：奶奶说过，妈妈说过，孔子说过，蒙田也说过……，就连六百年前英国的莎翁，也曾借助其剧中人物哈姆雷特之口，发出那句著名的问句：to be or not to be，that's a question（生存还是死亡，这是一个选择）。

然而，关于生死之问，古往今来　谁也说不清楚。没有经历过生死的人，谈论生死都是妄谈。

"死亡｜似一朵白花｜寂寂怒放在黑幕里｜死亡｜似一朵黑花｜静静绽开在白云中"

在诗中，作者把死亡描述得如此静谧、典雅，由此推断，作者一定是经历过生死的选择。诗中"白花、黑花；黑幕、白云"，用顶针回环的修辞手法，给读者营造黑白色彩的交替叠变的画面，震撼到人心。一句"生的平凡，死的美丽"，彰显了作者的生死观。

隐喻是诗歌的生命，是诗人主要的文本和荣耀。本诗中作者把死亡的认知分为三个阶段，对死亡话题的回避，直面死亡命题的数学题，和最后的超越死亡。诗人对死亡的阐述是一个动态上升的过程，从别人嘴里的扑朔迷离到最后作者认知中的向死而生，超越死亡获得永生。死亡是禁忌，死亡是除法，死亡是黑花白花，是轮回，是因循。彼岸花，开一千年，落一千年，花叶永不相见。情不为因果，缘注定生死。

肌肉

我在你的肉身里
皮肤下　骨骼上
五脏六腑
哪一块没有我

我是你的血库
替你保管"资金"
过坦途
行沼泽
全由脾发令
"脾主肌肉"

我的能量

取决于你的生动

如逆水行舟

不进则退

人鱼线　马甲线

我　笑纳

丰满　充盈　致密

灵肉邂逅

我　祈福

飞成雄鹰

飞成海鸥

飞成

一个光亮的生灵

一个我造就的你

写于 2020 年 5 月 9 日

评析：栀子

将人人皆知的身体的"肌肉"，用诗的形式表达，有趣！

作者主旨是告诉人们肌肉与人体气血的关系，从而告诫：主动运动，增加脾胃的功能，从而达到肌肉丰满、气血充盈、骨骼致密、脏腑有力的健康状态。

中医讲，脾为血库。这个血库，并不是说脾脏这个器官储存了很多血。而是说，脾主肌肉，真正的血库在肌肉里。一块充分保持和启动的肌肉，每平方毫米的横截面上的毛细血管数量大约 3000 根。而一块从来没有运动，逐渐退化掉的肌肉，每平方毫米的横截面上的毛细血管只有 297 根左右。毛细血管里面有丰富的血液，有肌肉的人和没有肌肉的人，气血的储备差距是 10 倍。

作者用诗的语言，呼吁大家主动投入运动，才能健脾养血，有足够的资本"过坦途｜行沼泽"，最后成为"一个光亮的生灵"，一个有强健体魄的生命！

四

觉悟人生

隐居

幽帘清寂宅瀛洲，

半是修心半痴书。

灯前目力虽不济，

哲人贤圣亮屋周

写于 2019 年冬天

读潘老师《隐居》诗有感

逸云

去喧去尘隐静洲，

亦儒亦释唯嗜书。

心系广众竭诚济，

去喧去尘隐静湖亦佳

点释唯嗜书心系广飞鸿

峰济悟乃菩提亮屋周

读潘老师隐君诗有感 逸云诗

庚子年夏 远芳书

作者：远芳

悟得菩提亮屋周。

写于 2020 年春末

评析：茉莉

古诗七绝是一种很严格的格律诗，讲究平仄，讲究对仗，这种形式非常苛刻，现代人已经很难适应了。大多数现代诗人是在探究一种稍做改良的七绝，这首《隐居》如是。

短短 28 个字，表达的是作者隐居上海崇明郊区的一种心境。

首句"幽帘清寂宅瀛洲"，清清爽爽的独居生活，李太白也曾向往过；

接着"半是修心半痴书"，"痴"字，是中国美学里一个很重要的概念，此处用得极妙。这里是表达诗人的生活方式，一种悠然自得的禅心阅读的生活方式；

"灯前目力虽不济"，七旬人的感叹啊，没有办法的自然规律；

末了一句是转折，"哲人贤圣亮屋周"，作者与书中哲人对话，与远方灵魂沟通，于是，满屋都是亮堂堂的。一幅独而不孤的隐居生活悦然纸上。

妙哉，读书人！

印记

最长的是时间，
最短的是生命。

生命，
在时间长河里淌去；
时间，
在生命王国里感质。

伸手抓不住的是时间，
拳头握得紧的是生命。

问时间借了生命，

印记

题字：吕军

还世界一个印记。

印记或深或浅，

但，

都是人生的辙痕。

2017 年 8 月 30 日

评析：季培敏

这是一首充满哲学思考的诗。诗作者以时间和生命两者的关系繁复变奏，启发人对自身的思考。

一生是漫长的，生命之于宇宙长河又是何其渺小，何其暂短。当每一个生命鲜活地存在着的时候，作者启迪我们的是生命的质——人生的轨迹和印记。

当韶华逝去，回首自怜，自己做了什么？每一个人仿佛就是一颗天体流星，你何曾几时熠熠光亮，为人类文明添上一笔？作者激励我们，虽然修短随化，寿殊不一，但活着的当下，时间对于每一个人匀质同长。生命的预期短暂，由不得人不思考其意义，或许大多数人终其一生无所建树，但只要你曾经努力或者仅仅是思考，萤火烛光，也是一种亮度和印记。

活着

缸里　冒出水泡
水中的鱼
活着

土中　星星点点
窜出绿色
盆里的草
活着

生命在樊笼里
情和爱
披着荆棘

有痛　有泪

不悲不凉

人

不是活

记住的日子

而是活

有光的日子

写于 2017 年 10 月 7 日

评析：季培敏

诗的前两段，展现了这么一派场景：游鱼嬉水，止于缸壁。绿草葱郁，囿于盆沿。而从万物生机的视角，作者眼中的一切，是别有一番感慨的：

凤栖高梧，蝉吟小榭，万类霜天竞自由。池之于鱼，盆之于草，皆为桎梏。

诗的后两段，喻之于人，虽万物之灵，同样难得自由，真性至情常常樊篱深陷。而为了自由，亦须披荆斩棘，那是生活的斗士。虽伤痛恨泪，但落寞而不悲伤凄凉。

"人｜不是活｜记住的日子｜而是活｜有光的日子"，最后两句道出了作者的寓意：记住的日子就是漫长的岁月，都不算什么。有光的日子才是真正的生活。生命的轨迹历历漫长，只为曾经的荣光而痴狂。

我是谁　谁是我

出生之前

我是谁

出生之后

谁是我

我是谁

取决于

你听不懂的 DNA

取决于

你看不懂的染色体

取决于

你说不清的基因

我是誰

题字：吕军

谁是我

取决谁是你

你看见的我

只是我折射的你

看

眼睛

谁是我

取决谁是你

你看懂的我

只是我体温的你

懂

眼光

写于 2017 年 11 月 8 日

评析一：季培敏

我是谁？不重要。这是科学决定的。

谁是我？很重要。

我，自然是我，可是又非我。因为我不知道折射于
你眼中的我是怎样的。

千百年来的关于心物的思辨，困扰着人们的认知，犹如一千个读者眼中就有一千个哈姆雷特。于是，便有了千百个我。

作者似乎想说，你的眼睛看到了我，然而，眼睛里的我只是我的表象，只有你用心去感受一个人的情感，方能解读这个人的"本我"。所以，要真正读明白一个人，达到"懂"的界面，很难。

作者用这首小诗，让我们在思辨中体会人际、人生，并在这种思辨中不断调谐对人对事的角度，慎微识人。同时，也体现了作者的自省和容人的人生态度。

评析二：陈崖枫

这首诗满含哲思。

从眼睛到眼光，从感官到感受，感受到个体生命在相互交融中产生温暖。

我是谁？这是哲学的终极命题。

老子问过"我是谁"，道生一，一生二，二生三，三生万物。

我是谁？这不仅仅是哲学的命题，更多的是对生命的感悟。

周国平老师说，我就是我，我有真兴趣，我有真信念。当然，前提是我有真生活。

作者就是这样的"我"吧。

"明月照冰心""缱绻觅佳音"，这首诗让我们懂得生命，懂得你和我。

江边夕阳

江的这边

夕阳

叠着团团愁云

飘去弱弱暮烟

缠绕着山巅

发黑似的蔓延

阴着脸

江面

太阳倦了

山倦了

人倦了呢?

这是一天中最累的时候

"不能息!"
因为月亮
因为星幕

江的那边
夕阳
夹着一片微醉的彩云
如血如火
正燃烧着山巅
映红了半边天
绚丽金色
无语如境
江面
这是一天中最美的时候
乘着黄昏还没有落
乘着夜雾还没有起
执子之手
暖暖青春的梦

写于 2017 年 11 月 30 日

评析：程冲冲

本诗描写了一个以江为界，两边各有不同黄昏的场景，境由心生，这是两种人生观的写照。

作者把一天中的黄昏比喻人一生中的晚年，所谓"一天一生死，黄昏如暮年"。人的一生都在离苦求乐，然而越是追求越感受不到快乐，尤其到了晚年，焦虑！所以，此时的黄昏，诗云"发黑似地蔓延"，并感觉这是"最疲倦的时候"，但又"不能息"，表现出负累缠绕却不能自拔的无奈。

然后，江的另一边的黄昏却完全不同了，境随心转。很明显，诗人是站在这边的人，"微醉的彩云""如血如火""燃烧着""映红""最美""暖暖青春"等等，这些黄昏景物的描写，表现了诗人积极、轻松、愉悦地享受"夕阳红"的人生境界。

如果把江比喻成生死界限的话，站在生死的边缘观望辛劳的一生，肉体遭受摧残之痛，然又长出新芽；心血滴干，又渐渐充满。身因懈怠而死，亦因发奋而活。带有疲倦的一念，黄昏亦不美丽，夕阳亦不温暖，彩云亦不有情；生起前进的一念，云朵喝彩，激情似火，哪怕已经夕阳。

　　此诗充满哲学意义，不仅是不同人之间的对比，且也是人生意义的展现。

丛中笑

——教师节而发

讲台三尺

粉笔半支

数度春风

几番秋雨

云推着云

光映着光

灵唤起灵

魂融入魂

桃李硕果

清香满园

丛中笑

谁？

写于 2017 年 9 月 10 日晨

评析：李洁

诗词最大的亮点是对数量词的运用

"三尺、半支""数度、几番"，加重了诗句的感情色彩，渲染了气氛。同时，数词的巧妙运用给人动态和声响的感受，使诗意隽永含蓄，给人留下深刻印象。

首句的"三尺、半支"映衬的是教师内心的富足和粉笔下的日月春华，看似单薄的数词，抒发的却是诗人对教师职业无尽的敬意。

下两句的"数度、几番"，表达的是教师日复一日，年复一年单一的工作状态和不辞辛劳育人的初心。看似繁多的数字背后，映衬的是诗人对教育不改初衷的坚定。

诗词第二个亮点是意向叠加手法的运用

"云推着云　光映着光";"灵唤起灵　魂融入魂",意向叠加的诗句手法,成为诗人情感与物象的表达,将诗词推向高潮,诗人的情感借用"云、光、灵、魂"尽兴抒发。

流动的云和耀眼的光,注解了教师与学生"教学相长"的美好场景,暗喻教师桃李天下的璀璨芳华。

教与学不止于知识传递,更是思想的传承,对此,诗人以"灵和魂"巧妙地烘托出教学中思维碰撞、观念传承的奇妙感受,烘托出诗人"洗尽铅华呈素姿,返璞归真育人心"的教育情怀。

诗词结尾彰显育人喜悦之情

富足的桃李场景下是诗人富足的内心,扑鼻的清香感中是诗人再次品鉴育人的芳醇,余味留存,永记心间。

此时,诗人与诗为一体,歌颂教师的同时也寻觅到自己的身影。歌颂的是"谁"已不重要,重要的是"谁"仍在教育的云和光中,"谁"仍在传承的灵和魂里……回味万千,百转千回。

绝处

水到绝处称瀑布
火到绝处成涅槃
看水　胜似水
见火　不是火

空到绝处为留白
无到绝处即禅景
空　即色
无　即有

人到绝处谓重生
情到绝处变小痴

痴到绝处

心无旁骛

掘一口井

直到

清泉涌出

写于 2017 年 12 月 19 日

评析：程冲冲

绝处，一个让人心生恐惧的时刻，而诗人却大开思路，对"绝处"展开自然的探索，其境界堪称宏大，敢于拿自然界最不可抗拒的两大因素"水"与"火"来做比喻，世人皆知，水火不容，但，它们又相辅相成，诗人笔下的"水"与"火"是如何诠释绝处境界的呢？

"水"遇绝处变成了一泻千里、万丈长流的自然奇景——瀑布。细察之，此水，乃发源于苦寒之地，经山涧湍急之击打，容纳百千支流的宽容之师，历经九磨十难，在山之高处，半天之际，纵身一跃，为的是润泽千里大地，救度亿万众生，发出如狮子口之音，响彻天地，羽化白浪，汽化白烟，映入眼帘，融入众生的生命里。

那火，亦非寻常之火，乃摒弃万劫之恶习，探求上度下化之道，精勤护念，经千锤百炼，燎游思为青烟，化三尸为灰烬，无欲无求，无退转伤生之意，唯精进成就之情之三昧真火——"涅槃"，然后融进虚空。诗人在本段中以"水胜似水，火不是火"为点睛，将"水"和"火"通过"绝处"，转变升华，从量变到质变的升华，其性也变，从有到虚空。

诗人以锲而不舍的精神，继续追求。空，空的绝处又是什么呢？其意难会，更难言传，唯有"留白"。凡高超之画作，绝妙之诗，皆用留白手法，给人的心灵以足够的空间，任其遨游。

"大漠孤烟直，长河落日圆"，此白描手法与画作之留白有异曲同工之妙；空间布局总是留出些更简洁大方，做人亦是如此"满招损，谦受益"。留白之处虽无以言表，却是大有所在。《心经》云："色即是空，空即是色。"而"无名天地之始，有名万物之母"，无中生有，有无相生。遂"空，即色"，"无，即有"。

绝处——逢生。人与自然本为一体，又何曾区分你我。由视死如归，到绝处逢生。"天地不仁，以万物为刍狗"，人为有情生命，用情至深，被天地笑痴，然痴情到至深至义，却能感天动地。此情，或为小情，或为大爱；对爱人、对亲人、对山川树木、对有情生命，

232

"小痴"变"大痴"，心无旁骛，不被外境所转，可"舍身取义"。那么，"痴心"到绝处呢？与其说情的力量，不如说心念的力量，越专注，越强大，可凿"智慧之井"，"清泉涌出"，最终归入"圆满"——清净。

无偏无倚，清静无为，任其有无，由其变换。我自为有情而岿然不动，心境清明，用智慧如涅槃清净之火，大悲瀑布之水，为灭三界之火，奉献自我。

纵观全诗，已超出文学范畴，俨然是一个哲学命题，它由"现象"提升到"理象"。可用此解释多种现象，如"水"、如"火"、如"人"。正如周易之"否极泰来"之卦，逢"否"卦时，"天地不交"，如果自我放弃，或德行不立，那将是万劫不复；但能够立德修忍辱，坚持不懈，方能"否极泰来"，"泰者，天地交"。如同在干旱的沙漠亦能逢遇清泉，才可绝境中把握生命之门，使令生生不息。

晚年的我

（一）

晚年的我

很富有

囤积的粮食　足够多

食珍录　可觅

孔娘子厨房　可取

粗的细的　不咸不淡

安置的粮仓　足够大

红楼里　官场外

从静静的顿河边

到呼啸山庄内

中西兼容　远近不辞

主管粮仓者　足够选
王熙凤　还是吴荪甫
抑或威尼斯商人
绝对不是
崔莺莺　孔乙己
和包法利夫人
合适的就是最好的
亲疏不论

（二）
晚年的我
很逍遥
虽是
一株小小的篱菊
花开不列百花丛
却能
归去秋风耐岁寒

不求　满城黄金甲

只愿 一茶伴一书

阅 文起文承
观 云卷云舒
忆 人出人没

前尘旧事
不铭记 自遗忘
和着花茶
一饮而下

半点思绪 半点闲
千帆过尽 小舟安

薄语 亦素美
孤独 不觉凉

(三)
晚年的我
很禅意
一曲梵音
一炉檀香

盘腿安坐

闭门即深山

无穷般若　心自在

语默动静　体自然

我愿这样老

不再追求

一览众山小

而是

山腰尽悠闲

仰　可观巅峰雄奇

俯　能赏山麓灵秀

我愿这样老

不企盼

谁

是我生命中

最后一个观众

而是

让时间准备好

接纳最好的自己

风声　雨声

一世的相思

顿悟　涅槃

今世的禅缘

晚年的我

如镜　如清

已静　已轻

写于 2018 年 1 月 26 日大雪天

评析：季培敏

《晚年的我》写的是作者的晚年生活。字里行间显示出作者的晚年很富足，显然是指精神上的富有。半生积累，除了专业著作等身，其他诗词散文也有涉猎。年轻时行路万里，不忘手持一卷，所谓江海不择细流，泰山不拒细壤，日积月累，自然得其深，成其高矣。

如今年届七十，仍然求知若渴，不得不由生些许钦佩。有幸走近作者的居所，犹如打开了阅览室的门，古今中外，虽不能说有多全，也目不暇接，多面俱到。所列典籍，如通读一遍，数年之功也。每每见到老师轩昂玉立的神情身姿，侃侃而论的授业演讲，就不免联想所谓胸有诗书，其气自昂矣。

晚年的老师不复鸢鹰飞天，更从事务经纶中脱摆，静心息心，只愿做一株不与百花争春的篱下秋菊。蔽庐不广，亦无奢华，唯册卷版牍为四壁。一隅只朵，无需满城金黄。

持一卷书，身心静谧，思而时有得，阅则文起文承，观则云卷云舒，忆则人出人没，何等的悠然超然，多少前尘往事都和着一盏茶，一饮而抿。

千帆历尽，如今一叶扁舟，身尚康健，虽寡语只影，不感凄凉，充满的是简单朴素之美。

诗的第三节更入胜境，檀香梵音盘坐入定，人生攀登本无止境，觉悟总在半山腰，韶华不在老之将至，此处风景已美不胜收，仰可观巅峰宇宙，俯可察万物品类，独善其身而不为众观。顿悟，涅槃，用凡人的语言大约就是在觉悟中精神的升华。

诗的结尾是点睛之笔：

物我两照　如镜

荡涤浊秽　至清

谢却俗务　心静

升华觉悟　形轻

人的一生，千般跋涉，万种找寻，蓦然回首，终于发现，自己的心才是灵魂的居所。识得进退，懂得回归，生命最初的简单，才是放"心"之地。

你的世界

有的人　爱你
是不太了解你

有的人　爱你
是太了解你

天使般的
魔鬼般的
都被　收下

是你的树
是你的怀抱

是你的世界

写于 2018 年 2 月 13 日凌晨

评析：韩翯

一直都很喜欢潘老师的短诗。在我看来，长诗或许能更好表现出一位诗人的文学素养，而短诗则更可能彰显出那位诗人的灵识境界。诗歌不以短长见功，长有长的绚丽，短有短的瑰奇，关键看如何将情感用巧妙的语言敛起。

记得海子的一位诗友在怀念海子时，提到海子曾醉心于长诗创作并一度困闷，对此他不以为然，我亦觉得海子无需用长篇的诗歌去证明自己，他很多精短的诗歌更显出那灵魂的炽烈炫幻。

《你的世界》便是一首非常好的小诗，篇幅非常短小，语言非常平实，却有着深沉的情感和思辨意识。我想这或许是潘老师学者兼诗人身份的缘故，历经世事悲欢，看淡浮华烟云，而不改拳拳赤诚，便得此番真音。

愚以为，全诗从三部分诠释了人类一个亘古不变的主题——爱。

第一部分诠释了爱的层次。"有的人，爱你，是不太了解你"，这是爱在表，是为浅；"有的人，爱你，是太了解你"，这是爱在里，是为深；此一表里，非有经历，难以透得明镜。

第二部分诠释了爱的形式。"天使般的"，是一种爱，曾经沧海，举案齐眉，共剪西窗，堪为天作；"魔鬼般的"，咬牙切齿，恨之入骨，恶语相向，是为鬼合。然话锋斗转，"都被，收下"……何其难解，何其痴惘！可是，或许这就是人生，这可能就是爱的现实模样！

第三部分诠释了爱的价值。爱是什么？或许每个人在一生的很多阶段都曾做过无数次的思考，爱又应该是什么？"是你的树，是你的怀抱，是你的世界"，这是潘老师的答案，她以排比之句式，以比喻之手法，给出了看似极其简单的答案。最后三句赋、比并用，但并没有兴叹，戛然而止，颇为高妙。

妙在何处？树以庇风雨，怀抱以暖身心，世界以徜自由，这就是潘老师心中爱应有的模样；形象，生动，有力，人人皆可感触的真实，相爱之人都应可实现的真实，何须再要兴叹？

全诗以拟人之手法，诗人和读者如促膝相谈，顿生亲近之感。通篇不满 50 字，然诗有魂，体有眼，尽显潘老师对爱之深刻洞见以及美好夙愿，令人惦念。

赞曰：

一花一叶一草木，
两心两愿两嫣然。
三生三世三爱意，
此情长留天地间。

请不要

我是弹壳
里面没有子弹
请不要推我上膛

我是老树
没有内心没有根
请不要将背靠我

迎面走来
我行左边
请不要行右边

写于 2018 年 7 月 3 日

评析：韩曧

很高兴读到了潘老师一首抒发"小情绪"的诗歌，不但感受到了题材上的欣喜，也唤起我情感上的共鸣。

全诗以"请不要"为题，结构简单，语言简练，直奔主题。诗歌分成三小节，头两节诗人采取比喻的手法，先是以空弹壳自喻，"请不要推我上膛"；再是以无本老树自比，"请不要将背靠我"。这两个比喻值得玩味，很好地表现出了一种"不愿"的情绪，即便空弹壳，也有一种"动之气"；而无心无根之老木，又有一种"静之意"。其中能够感受得出两种细微差别：前一种比喻情绪上带一点躁怒，后一种比喻带有一点疲惫，这非常符合人的负面情绪发展过程。第三节，诗人不再进行比喻，而是直绘了一种场景，那就是与"某人"迎面相遇，希望大道朝天，各走一边。

诗文短小，而又颇为精妙。诗人以比喻刻意表达了一种功能上的"无用"，以此表现出自己"拒绝"的态度，道出诗歌的主旨。"请不要"是一种祈使，是一种拒绝，我想，这种拒绝其实是诗人要去保护的"自我"。

人类生活在社群里，拥有多个角色，当然也会被多种需要，很多时候，有些需要超出了义务、能力、意愿

246

乃至原则的范畴，当无法给予对方肯定的答复时，还可能被扣上道德的帽子。当被需成为一种人生束缚乃至道德绑架，你会发现，"自我"正在逐渐消失。你的生活、工作在一步步滑落至被动的泥沼，不断失去了掌控的权利。每个人都应该有适度的精神空间，当其不断被压缩，精神上的负担便不断加重，"自我"便不断被消磨甚至失去，这是一种可怕的状态。

诗人或许也曾多历此种境况，而诗歌创作本就极为需要独立的空间，这或许更加强化了精神体验。因此，在某些特定的环境下，诗人要表达出自己的"无所用"来保护自己的独立性，用"我行左边，请不要行右边"来保持距离，用三句"请不要"来守护自己的"自主空间"。

"诗无达诂"，不知这是否是潘老师作此诗歌的具体心境，无疑的是这首小诗会引起诸君的情感认同。身存于世，请不要让过多无谓的"被需要"左右了自己的人生。

空瓶子

投予莞尔
东风拂伊

放入涕零
戚戚渗之

射进火焰
声声霹雳

装着天地
明心见性

空瓶不空
谁执耳

写于 2018 年 7 月 29 日

评析一：董其祥

这是首独特的言心诗。立意新颖，用词简练。诗中的"我"有真情，恸喜悲，怀壮志，悟天地。然，命不由人。厄运尽摧英华，怀心不遇成空。似空却不真空，于是有了最后点睛之句：空瓶不空，谁执耳。这是"我"高傲心灵的直白。人生得一知己足矣，从鲁迅先生的感慨中足见世间知己难觅，况异性耶。尽管几无可能，但"我"笃信执瓶之人终能出现，其自信与执着跃然纸上。

评析二：季培敏

潘老师写诗，问之于我，不置可否。六十岁学吹打，古话有这一说，只是不免常挂着问号。这问号很快就变成了惊叹。惊叹于她信手拈来，惊叹于不拘泥少修饰，直示心脉搏动。

熟视一个普通的空瓶子，哦吟之问，便可以娓娓道出，此时诗人便自喻那瓶子，却也别致。

你略莞尔，便沐东风，若是涕零，即伴戚戚，装入火焰，霹雳有声，若是胸怀天地，此人便明心致性。

作者没有道出的这诗之意——谁执耳？

人人执瓶而立，贤愚优劣，全凭装载。诗人装的是读书修身，家国情怀，激情饱满，汩汩溢出。

评析三：韩骁

每次读到潘老师的诗歌，都会有一种感受，那便是"神"大于"形"。潘老师在如此年纪回归诗歌创作，定是发自本心的热爱，是一种天然的质朴与纯真。所以，她在诗歌创作时不会拘泥于既成创作手法条框的束缚，而是将原本意象更真切地展现出来。尤其她的很多小诗，简练朴实中往往透着犀利与深刻，常被一语惊艳，颇有回味，《空瓶子》便是这样一篇。

初见此诗时，四字成诵，找到了一些《诗经》的感觉。全诗共有五个小部分，"投予莞尔，东风拂伊"这一句文辞非常优美，莞尔一笑，好似东风拂面，情感和顺，心悦神怡。而借势一转，"放入涕零，戚戚渗之"却又哀怨涕泣，心瘁神迷；继而"射进火焰，声声霹雳"，立刻又做一种火光四溅，激荡难平之意；再若

"装着天地，明心见性"之时，又顿生一种囊括鸿宇，天高地寥之感。若是未见题目读到这四句，心中不免生疑惑，潘老师所言者何物？原来竟是一空瓶子；"空瓶不空，谁执耳"，又是何种寓意？

此处忽而忆起王昌龄"一片冰心在玉壶"一句，再看潘老师所谓"空瓶子"时，真是豁然开朗，连呼妙哉！潘老师通过隐喻之手法，用一个空瓶子来和我们诉了一把"人心"。世间行走，便离不开七情六欲，悲欢离合，喜怒哀惧，各样的情感都会不时装在心中。人心，就是一个瓶，装了不同的东西，便是不同的情。所以，或于此时欢欣鼓舞，或于彼时沉郁难近，或能一直冲淡平和，或又经常意气难驯。

时人经常为心情所困扰，潘老师不但要告诉我们人心如瓶，更希望我们知道为何不同的人心会有不同——关键在于那个"执瓶人"。执瓶人对事物所表现出的态度不同，便会有"不同的瓶子"。我想，潘老师之见地与其饱阅世事，归得本真是分不开的；作为一个深谙自然养生之理的专家学者，她想必也借此小诗将修心养性的道理与大家分享。

正所谓天地一大宇宙，人心一小宇宙，以心为瓶，潘老师定希望每个执瓶人都能够照顾好自己的"瓶"，使其能够常常润如初生。

灵魂皈依

纵横躺地

眼望

万古悠悠的星空

盘腿打坐

耳听

天地万籁的交响

我和世界之间没有墙

我和黑暗之间无须灯

唇　可吻及

筋　已柔软

在空与色之外

在色与空之中

写于 2019 年 5 月 5 日

评析：韩曧

自与潘老师为忘年之交以来，便一直为老师坚强达观精神所染，其切身之经历让我愈加笃定——人是依精神而存活的。易言之，相比人因物质机体而存在，人更加是精神的实在；再深一步，人生是本于灵魂的。

不论是与潘老师的诗词交流还是其他方面，总能从她身上感受其对于生命的热情，这不是夏炎般的炽烈，而是春日和光般持久且安定平和之温暖。当潘老师将此首小诗分享与我时，便又一次体味到了老师对于生活本真的洞悉与热爱。

全诗以"灵魂皈依"为题，开篇便以凝练且朴素的语言绘出极生动的意境。"纵横躺地"，举目苍穹，望星空悠远，逝而返焉，一卸包袱，换得沉静任思绪飘远；"盘腿打坐"，闭目静听，临深山秘谷，溪唱虫鸣，心游尘外，乐得轻身凭万籁怡心。

若仅有此，尚见不到老师于生活之洞悉，换作任何一中华文明下的儿女可能都会有这样一种心境体验——山水悟道，虚静参禅，凡尘喧嚣之下需要有寻梦桃花源的短暂"逃离"。

而老师一句"我和世界之间没有墙，我和黑暗之间无须灯"却是极为惊艳，老师不再是求尘世的挣脱，而是欣然接受了这样的世界与自我。老师与这个世界没有墙的隔阂，以安定之心立身于茫茫天地；与黑暗之间不需要灯的指引，以平和之心接受了命运或好或坏的安排。"唇可吻及，筋已柔软"，此刻我想老师以人之五感去感验整个世界，以天地一大宇宙，人心一小宇宙，其心坦然于万事万物，去面对、去体味、去融合，已至臻于天人合一之境。

此时再看最后一句"在空与色之外，在色与空之中"便更好理解了。老师以释家之言语道出了其所认知的生命之真谛——灵魂皈依。因知老师并非有宗教信仰，皈依在此自不是遁入空门。老师只是借流传甚广且爱众生的佛家之口表明了一件事：生命的本真在于灵魂的安定平和，安于当下而不为外物所系累，舍其身外之烦恼，得灵魂之虚静笃实，才是归得生命之本，生活才能旷达。

人生，最终归于灵魂有所安立，心静而天地远，神安而万象空，如此的灵魂下对待生活才会有一种安静平和的热忱，才会有一种超脱的达观，这也正合潘老师的当下人生。

夫子曰："七十而从心所欲"，老师之谓也。

我看云很近

对视　寻不到黑眸
触碰　升不了体温

柔柔的话语
穿不过铜墙铁壁的耳膜

我看你　很远
我看云　很近

写于 2019 年 5 月 18 日清晨

评析：季培敏

这是一首描写人际关系的吐槽小诗。有时，人与人的距离，不取决于地理位置，而取决于是否"情动于衷"。全诗语言精练，无一累赘字。诗的内涵，调侃中赋予了思辨力与批判力，但毫无说理气息，妙在全凭形象发言，留下了回味。

作者说：

此诗来源于我那天晚上的一个梦：一位朋友来向我心理咨询，她不停地倾诉，与一位不同频的同事共事是多么的痛苦，都快抑郁了！梦里，我给她一首诗，她读着读着，居然破涕为笑了。此时梦醒，凌晨四点。我就开始琢磨，这首诗该咋写……六点后，完成初稿。早饭毕，又做了修改，就这样出笼了。

子非鱼安知鱼，子非水安知水

你看不到我的眼泪
因为我在水里

我能感觉到你的眼泪
因为已滴入我的体温

你不明白我的寂寞
因为我全在水里

我能听到你的寂寞
因为只有一种水声

你闻不到我的呼吸

因为我沉在水里

我能合拍你的呼吸

因为水饱氧足够

……

子非鱼安知鱼

子非水安知水

2019 年 5 月 26 日

评析：谭贯文

初读诗作《子非鱼安知鱼，子非水安知水》（以下简称《子非鱼》），立即产生了兴趣，是题目的新颖，还是诗行的别致？不得而知。总之，读了之后，还有再读的欲望，进而想弄清作者到底表达了什么？

全诗只有七小节，除去最后一节回应题目之外，只有六节。这六节诗，全部都是一种句式：因果句。前句是果，后句是因。按理说，理解这样的句式并不难，可诗人偏偏在诗行中融入了自然的社会的还有个人的因素，这就使得诗歌的容量大了，而指向也变成多个维度。

读完这首诗，我首先想到的是一段历史上著名的对话：

庄子与惠子游于濠梁之上。庄子曰："鲦鱼出游从容，是鱼之乐也。"

惠子曰："子非鱼，安知鱼之乐？"

庄子曰："子非我，安知我不知鱼之乐？"

······

庄子能知鱼之乐，而惠子则说："子非鱼，安知鱼之乐？"《子非鱼》巧妙地借用这个典故，把惠子换成了水，于是全诗演变成鱼与水的对话：

鱼说："你看不到我的眼泪。"

水说："我感觉得到，你就在我的体内。"

鱼说："你不明白我的寂寞。"

水说："我明白，这里只有一种声音。"

鱼最后说："你闻不到我的呼吸。"

水也说："我闻得到，这里氧气很足。"

这就是这首小诗字面上的意思，如果这样去理解诗的含义，那就显得太肤浅了，然而，这恰恰是《子非鱼》所表达的第一个维度——自然的维度。鱼与水都是自然的产物，鱼生活在水中，它的生存状况如何，只有水能了解。在诗中，鱼并不快乐，它是含泪的是寂寞的是呼吸有些困难的。这就自然而然地使《子非鱼》达到第二个维度——社会的维度。诗歌是借助意象来营造意境和表达主旨的。诗中的意象是鱼和水，如前所述，鱼的际遇是艰辛的，它含着泪，孤独的生活，连呼吸都有些困难。令人不得不担心它以后的命运。我们回过头来想一想：诗人为什么没有感悟庄子的"鱼之乐"，而偏偏要去写鱼之苦呢？这就是《子非鱼》所要表达的第三个维度——思想的维度。了解一首诗所要表达的思想内容，最好的办法是结合作者的生活经历。据我所知，作者生活阅历非常丰富，生活道路也非常曲折，时运不济，命途多舛，无论遇到何种困难，她都坚强地挺过来，她在诗中写鱼的际遇，何尝不是她的遭遇？所以，诗中表达的思想是深刻的：没有类似的经历，怎么能理解他人？即便像鱼和水那么亲密的关系，也未必做到真正的理解！

于是，题旨便显现了出来：子非鱼安知鱼，子非水安知水！

读完《子非鱼》，让人感到沉重和窒息，心中隐隐作痛，这就是诗歌的艺术感染力！

稍稍感到不足的是，最后的两句显得多余，因为题目已经显示了。这是我的看法，不足为据。

2019.5.26.江门怡康华庭

到时候了

到时候了
太阳和雨牵手了
轻轻地划了个弧
天穹上

到时候了
月亮和湖面深吻了
羞涩地
嵌入夜幕

到时候了
东风挽起了春泥

不干不湿

大地醒了

写于 2019 年 6 月 1 日

评析：谭贯文

全诗不长，只有三节，每节开头都用"到时候了"起吟，反复吟唱，突出题旨。那么，作者所要表达的题旨在哪里呢？换句话说，作者反复强调的"到时候了"，到底是到什么时候，才是作者所希望的那个"时候"呢？

探寻作者的那个"时候"，最老实也是最好的办法，就是从诗行中去寻找诗中所描写的景物，亦即诗评中常说的意象所构成的意境，就是作者所要表达的思想。那么，《到时候了》有哪些意象呢？

诗的第一节，有"太阳"，有"雨"，二者牵手，构成了"弧"（彩虹）。

诗的第二节，写到"月"与"湖"，二者深吻，活脱脱出现一个"平湖秋月"的画面。

诗的第三节，写到"东风"与"春泥"，前者挽起后者，"不干不湿，大地醒了"。

通过品读全诗，我们可以清楚地发现作者的审美意图，她所运用的意象都是清新的美丽的：雨后彩虹，这是白天最靓丽的景色；平湖秋月，这是晚上最美的景物；春风春泥，这是一年里最好的季节。由于有了动与静（白天为动，夜晚为静）、阴与阳（月为阴，日为阳）、刚与柔（东风为刚，春泥为柔）的结合，于是，"大地醒了"，春天来了，春天是什么，她是孕育生命的初始点啊！常言道：一天之计在于晨，一年之计在于春。此时此刻，我还要加一句：一生之计在于时！这个"时"，就是时机、时候。作者通过以上意象的堆叠，深情地呼唤："大地醒了！"这么完美的时刻的到来，不正是作者希冀的那个时候吗？不正是人生中一个重要的转机吗？

如果我们再结合作者的人生经历来探赜索隐，《到时候了》的意境是美妙的，主题是深刻的。由于作者人生曲折，几经沉浮，身心几乎都遭受严重打击，在劫后余生之际，写下《到时候了》，以美妙的景物作铺垫，表达对新生的渴望，这种渴望完完全全体现在对时间点的准确切入，那就是在诗中几番深切呼唤的"时候"，这个时候一旦到来，便是情感的爆发："大地醒了"。

是的，大地醒了。仅此一句，全诗便有了眼睛，有了心脏！

当我读完最后一句诗，自然而然地联想到元朝词人马致远的《天净沙·秋思》："枯藤老树昏鸦，小桥流水人家，古道西风瘦马，夕阳西下，断肠人在天涯。"前面三句，写了九样景物，互不相干，因为"断肠人在天涯"一句，使得全词鲜活起来，这一点睛之笔，实在是妙。潘老师的《到时候了》，前面两节诗写的几样景物似乎毫无关联，但最后一句"大地醒了"也是点睛之笔，与《秋思》有异曲同工之妙。

总之，《到时候了》给人传达的是一种奋发向上的信息，充满了正能量，它是值得反复品读耐人寻味的一首诗。

2019年6月11日写于江门怡康华庭

我用手按住云

我用手按住云
在衣袋里
因为风来了
它俩相遇
不是一场恋爱

我必须等待
等待最合适的
我立马会把云
从衣袋里放走
云
就有了灿烂的花纹

那是太阳
太阳羞涩地
躲在云的背后

写于 2019 年 8 月 20 日

评析：栀子

这是一首用拟人笔法写就的小诗。诗的第一段，说的是"风"与"云"。风来了，云不待见。因为会风起云涌，风云突变。要变"天"的。风，不是云的合适对象。远离"风"，是云明智的选择！

寻找合适的，是需要等待，再等待！

有时候，遇见合适的，往往会"羞涩"，羞涩地等在背后，而后让你更显光彩。这就是诗第二段要阐述的。太阳与云的邂逅！这是多么和谐、绚烂的画面！

小诗寓意了一个人间真理：

不和错的人告别，就无法和对的人相遇。对的他看得到你的付出，明白你的不易，他不舍得让期望落成失望，他的未来里有你，他会愿意带你去看看世界的旖旎。你要去爱一个视你如宝的人。

等待

等待雨霁
等待云舒
等待一觉醒来
鸟语花香

等待
第五年的竹子林
等待
30 天后的荷花池
等待
桃花潭水酿美酒
等待

等待

庚午正月十八日晨生
写于翠竹轩

作者：周春生

高山流水遇子期

2019 年 7 月 12 日子夜

评析：茉莉

这首写的是半夜听雨的灵感。

一个黄梅天的子夜，听雨，听雨，还是听雨，毫无睡意。起身。伏案。

笔尖流出——"等待雨霁/等待云舒/等待一觉醒来/鸟语花香"。人说，凡事都有一个结果，唯独"等待"例外。莎翁云，"to be, or not to be"。也许，套用鲁迅先生的话，更确切：不在等待中成功，就在等待中消亡。有没有这种情况，你停留在原地，而你等的人已经远去。于是，你的"等待"，一生一世！呜呼，伤不起，耗不起的"等待"啊！

想当初，李白的粉丝汪伦，用桃花潭水酿美酒，等的就是偶像李太白来举杯望明月。而李白为感激汪伦，赠诗一首，其中名句"桃花潭水深千尺，不及汪伦送我情"，汪伦因此名留千古，妇孺皆知。这个"等待"值了！

更有古人俞伯牙，擅长弹奏琴弦，志在高山，志在流水。可惜知音难觅。当樵夫钟子期的出现，俞伯牙的"等待"成功，以至于当俞伯牙得知钟子期突然去世了，他居然摔琴谢知音。可见，有质量的等待，可能得"一"足以！

人生啊，就是一次次地"等待"！

30天的荷花，29天才一半池；四年的竹子只长根鞭，五年才成竹林。这些都是"等待"的成功！期间要忍受煎熬，要耐得住寂寞。需要积累沉淀，才能厚积薄发！

和一首读后感

方　芳

静待竹林如海，

坐等映日荷花。

期待知音好友，

共饮美酒佳酿。

星星找我谈话

星星点灯

在夜幕上

我被呼唤谈话

在灯下

你准备出行

是的

去哪儿

诗和远方

为什么不带水

我能鼎起露珠

为什么不带粮食

腹有诗书

为什么带着半张旧照片

一半留给岁月　一半留给永恒

你不是流浪者

是　不是

写于 2019 年 7 月 16 日

评析: 栀子

喜见《星星找我谈话》,小诗用拟人的笔法,与
"星星"展开一场对话。题目有点俏皮,亦充满诗意。
诗中一句"我能鼎起露珠",将作者那"风中草"的性
格,跃然纸上。

人的一生,红尘来去一场,总要将自己交给远方。
在漫长的旅程中,相聚与别离,入世与出世,遇见真诚
的自己,才不算负了岁月春秋。所有的路上,行囊可以
空空,但必须有丰盛的自己。

这一点,作者做到了。

一个声音依偎着一个声音

夕阳

抹上了垂柳

映在

斑驳的木长椅上

一个声音

依偎着

一个声音

"想不到

再见

等了半个世纪"

"嗯"

回答的声音
虽降了音高
却
穿越了时光

"我俩曾在
阶梯教室门口
撞了一下"
"你穿着蓝色中式棉袄"

回答的声音
追随着
花季的记忆

"绿色塑料皮的笔记本，
扉页上
有隽永的硬笔"
"你还记得"
回答的声音
起了涟漪

"君在左上角

我在右下角
教室的最长距离"
"错
我在右下角
你在左上角"

回答的声音
还原历史
矮个男生
与
高个女生

"如今
背弯了
又矮了"
"弯人一双"

回答的声音
飘着
稚稚的童趣

晚霞

嵌入在

两个声音里

一个声音

依偎着

另一个声音

写于 2020 年 4 月 10 日清晨

评析：张燕珠

　　这是一首诗，一幅图，一段情，一卷画！画中之人，或喜或悲，聚散依依；画中之景，恬淡温和，绚烂唯美；诗中有音，那"依偎"之声，轻轻萦绕耳畔，如歌似梦，徐徐为你拉开………

　　夕阳下，拉开了这人生的画幕，这对已经错过了半个世纪的男女主人公，在晚霞中，在斑驳的木长椅上，展开了一段跨越时空的人生对话！

　　半个世纪，可以使原来高亢的声音降低，可以使曾经健硕的腰板弯曲，也可以使原本不高的身材变矮，但不变的依然不变，那第一次的邂逅，你穿的衣服，相遇的地点，是如此清晰地刻在心里，连当年教室里的座位

277

方向，也清晰得恍若眼前，不曾有丝毫的改变。

岁月销蚀了你的容颜，却不曾冲淡你在我心中的印记，那青涩年华的纯真情感，汩汩地流淌在你我之间，如此绵延不断！

吟诵潘老师的这首诗歌，总有一个词在脑中荡漾，那个词叫作"唯美"！

本诗的美，在意境的美，在诗情与画意的完美结合。"夕阳""垂柳""斑驳的木长椅""晚霞"这些意象的出现，代表了一种夕阳下无限的美好。有人说，夕阳和晚霞是成熟了的朝阳和朝霞，那么一起看夕阳，便是"看"那个曾经蓬勃的花季青春！

人生最美的青春，转瞬即逝，曾经彼此擦肩的一瞬，便成了人生的永恒！我们相遇于那个叫做校园的地方，来不及相别，各自都已经走向了更为广阔的天地，而重新相遇，便是在这彩霞满天的黄昏，这一瞬，便是足足半个世纪哪！对于青春花季的记忆，虽只是人生长河里的一瞬，却永远镌刻在了记忆的心海里。无论曾经经历多少岁月的磨痕，但心底总有一片最澄澈的美好，守住这份纯粹的情感，便也守住了自己的初心。

黄昏的落日余晖，同样有绚烂的美，这长椅上的一问一答，那跨越时空的对话，那重返花季的瞬间回忆，都那么鲜明地刻在了夕阳的时光里。因为夕阳和晚霞，是对下一个黎明的期盼。青春可以落幕，但置身于晚霞中的你我，却可以拉开下一场的"青春"。当年不能"依偎"的时光，待等夕阳下的声音来"依偎"。夕阳有诗情，黄昏有画意，在这诗情画意中，另一种人生的画卷，就此铺展开来……

本诗的美，在于结构的美。"一个声音依偎着一个声音"，既是诗题，又在全诗的开头和结尾出现，做到首尾呼应，而这个声音又不时贯穿于人物的对话中，时而追忆过去，时而正视当下，时而感叹，时而认同，时而娇嗔，时而诙谐，时而稳重，时而稚嫩，这种种声音的交织，都宛如余音绕梁，久久不散……

那萦绕耳边的声音，会不会让你蓦然想起张爱玲的《爱》中名句："于千万人之中，遇见你所要遇见的人，于千万年之中，时间的无涯的荒野里，没有早一步，也没有晚一步，刚巧赶上了，没有别的话可说，惟有轻轻地问一声：噢，你也在这里？"

本诗的美还在于语言的美。质朴隽永的语言，读来甚是令人回味无穷。语言中既有当年青春稚嫩的青涩，又有步入晚年后饱经沧桑的认同。"如今背弯了，又矮了！"既是对当年身高男矮女高的回忆，又有自嘲自噱的浪漫，而那有趣的"弯人一双"的回答，又一下子和谐了这个画面，于童稚风趣中悄无声息地盖住了那淡淡的自嘲，使夕阳下的这幅"弯人一双"的画面更加唯美动人。

　　读潘老师灵感突发后写的这首诗，分明读到了她把一幅画、一份情、一种哲思揉进一首诗的激情与淡雅！这真是"历尽沧桑世间事，回归已然平常心"！

三脚两脚

三脚两脚

跨入了"古稀"

七十年的漫长

换来了这个称谓

当年的　男生女生

如今的　银发弯人

那时　月亮似的额头

眼下　爬满了光阴的印记

三脚两脚

跨入了"古稀"

也开启了　精彩的起跑线

纵情
海的豪放　河的婉约
咔嚓
彩的霓裳　素的锦袍
浅吟
乐府离骚　诗文余韵
演绎着
一道　又一道
金色的晚霞风景

三脚两脚
跨入了"古稀"
看山　是山？
看山　不是山？
不
看山还是山啊
山　依旧崇高
山　依然巍峨

三脚两脚
跨入了"古稀"
笑　也笑过

哭　也哭过

岁月里的悲与喜

日历中的寒与热

不欲　说与谁听

只　和着酒香

或　飘向远方

或　沉入墙角

三脚两脚

跨入了"古稀"

扫尽尘埃　挥手喧嚣

少语　缓步

半亩花草　半亩田

半点诗意　半点悠

便也是

这一世的安暖

三脚两脚

跨入了"古稀"

原来

千般跋涉

只需蓦然回首

万种找寻

只需临渊止步

心

才是灵魂的居所

生命最初的简单

三脚两脚

跨入了"古稀"

往下走

更加踉跄

只要　还踩在大地上

天　还是湛蓝

云　仍然舒卷

路边的秋花

照样　染香衣角

没有　舍不得

没有

舍　不　得

写于 2020 年七十周岁，给自己的礼物

评析：阮晔

这首特别的诗是作者送给自己七十岁的作品，同时也是献给全体"70后"的礼物。

全诗以"三脚两脚│跨入了古稀"统领全篇，语言轻松，语义快捷，洋溢着笑看世事，参悟人生的通达。

第一段，"当年的""如今的""那时""眼下"，时空的转换，浓缩了漫长的七十年。青葱岁月到垂暮之年，仿佛转瞬即逝，不由让人感叹光阴似箭。七十年跌宕起伏的人生，历尽磨难。古稀之年，终于可以卸下家庭、事业两副重担，停下奔跑的脚步，静听灵魂的呼唤。

作者晚年常住乡下，过着采菊东篱，悠然见"东滩"的田园生活，这是诗歌灵感的来源，也是修身养性的福地。这片净土，远离尘嚣，是我们为之神往的世外桃源，但又有几人能舍下繁华去那灯火阑珊处。懂得放下，重新追求精彩人生，徜徉在艺术的海洋里，余生灿若红枫，温暖整个秋天。

"看山是山，看山不是山，看山还是山"是句充满禅机的话。纵观人的一生是不停参悟的过程。青年时期，"看山是山"，世间万物都值得去追寻和探索，时常有"会当凌绝顶，一览众山小"的豪情壮志。人到中年，追名逐利，"看山不是山"，一种"不识庐山真面目，只缘身在此山中"的无奈油然而生，困惑、彷徨，仿佛迷失了方向。经过岁月的沉淀，到了暮年，世事洞明，又回到了"看山还是山"的原点。看在眼里，却是"回首向来萧瑟处，归去，也无风雨也无晴"的从容之态。

本诗接下来的叙述，有回忆，更有对生命新的展望。

过往的喜怒哀乐与谁说？心底里默默说声再见。喜也罢，悲也罢，一切都随风而逝。谁说人生的起跑线只能在孩子面前？古稀之年是另一场修行的开始——"不以物喜，不以己悲"。

虽也有点踉跄，但"只要｜还踩在大地上｜天｜还是湛蓝｜云｜仍然舒卷"。特别的妙句是："路边的秋花｜照样｜染香衣角｜没有｜舍不得"，一派"天凉好个秋"的景色！真爽！

人生努力过、奋斗过，了无遗憾，没有舍不得；面对黄昏，处之泰然，心境豁达，没有舍不得。

"春天，不是季节，而是内心；生命，不是躯体，而是心性；老人，不是年龄，而是心境；人生，不是岁月，而是永恒。"

这首《三脚两脚》为星云大师这句话，做了完美的诠释。

写在后面的话： 到家了吗

我要出诗集了！

曾记否，年前，我写了一篇《回家》：

"进入'不逾矩'之年，想回家了，回'文学之家'。推开家门，跳入眼帘的'诗'。什么才算是好诗？好在何处？是在眉如黛间还是唇如丹上？……

回答不了的问号啊！从此，回家的第一个作业从'读诗'开始，从练习写'白开水'似的自由诗开始，从不耻下问开始，从推与敲的斟酌开始。"

这三年，不长，也不短，缘事而发，一共写了65首诗歌，在深味景物、沐浴真情、疗愈疾患、觉悟人生等四大画面下，尽情地讴歌爱情的绚丽、生命的和弦、人生的张力和世间的百态。

一路风景，一路领略。回家的感觉，真好！

　　如今，当键盘敲下最后一行诗，电脑屏上的文字将要转化为铅字时，我突然有点忐忑，扪心自问，这算到"家"了吗？

　　我的每一首诗，都有一位评析者。这些评析者中有作家、有教授，但更多的是书友。他们为我的小诗浇水、施肥，给足了阳光。还有给我的诗集予雨露的中医彭坚教授和书友梁文琰律师；为我的小诗添枝加叶的是吕军先生和远芳老师的墨宝以及周春生先生的配画。

　　资深媒体人胡展奋教授，著名学者包季鸣教授、余明阳教授，著名主持人秦畅老师和医学专家秦悦农主任都拨冗为我的小诗站台推荐，呵护着这棵小草。因由此，才让我这棵"风中草"，一岁一荣！

　　回家，让我窥见了自觉的门径。悟到，人生的再提升是应该回"家"，回到文化的本源。

　　到家了吗？此心安处是吾家。

潘肖珏
写于 2020 年诗集杀青时

读者书信

一

@潘肖珏

昨天看了潘老师为她即将出版的诗集写的"跋"，又一次被潘老师的文字温暖了。"回家"就这两个字，我心中那最柔软的心弦就已经被拨动了。

看到这样一段书摘："人生旅途中，大家都忙着认识各种人，以为这是在丰富生命，可最有价值的遇见，是在某一瞬间，重遇了自己，那一刻你才会懂，走遍世界，不过是为了找到一条走回内心的路。"

潘老师的"跋"《到家了吗》，就是在找寻这样一条

"走回内心的路"，我们静下心来读书，相信每个人都会在书中找到一条"走回内心的路"……我们每个人都会有"初心"抑或"憧憬"，如果能"不忘初心"，在有生之年实现自己的"憧憬"，那将是一个多么美好又幸福的人生啊。

潘老师做到了，为您感到自豪！

潘老师即将出版的诗集，尽情地讴歌爱情的绚丽、生命的和弦、人生的张力和世间的百态。

预祝潘老师新书出版一帆风顺！我们都翘首以待……

我们群里的书友大多都是女性，爱美是女人的天性，让我们跟随潘老师一起"回家""阅读""感悟"，有了"修养"的依托，即使不再年轻，却仍然魅力十足。

一个人皮囊再美也砥砺不过时光，唯有精神长相，历经岁月的磨洗而越发蓬勃与丰盈。

在我们面前的潘老师，虽年过七旬，但依旧神采奕奕，光彩照人！潘老师就是我们最好的学习榜样！

余静

2020 年 4 月 22 日

二

敬爱的潘老师：

昨日见到您分享至深度阅读群内的诗集文本跋《到家了吗》，读来甚感欣慰，同时第二次为您红了眼眶。想来与您结缘于慈怀读书会，有幸聆听了您当时解读品评近代儒家学者梁漱溟先生的音频课程。当时为您的学者风骨良知、为您的悲天悯人之博大家国情怀而动容，红了眼眶。

我十分欣赏、喜欢你的诗歌作品，大气饱蕴生命的张力和哲思，但也委转迂折若情丝之缠绵……总之，我能从你诗歌中品读到你的人生心曲。

忍不住执笔，再吐露心声，我钦慕您已极：

君若生当为李白

我欲踏歌学汪伦

君若伯牙鼓琴声

我欲闻声学子期

你的湖泊已汇成桃花潭

下有三千水深

我欲邀君共赴南山之麓

一起拜谒陶令公

一起品赏满地菊

一起同饮怀中花

汪洁敬上

2020 年 4 月 22 日

三

亲爱的潘老师：

得知您的诗集即将要出版了，心中不甚欣喜和崇拜！缘分让我们相识，有缘拜读潘老师的诗歌，是此生最大的荣幸。走进这本诗集，便走进了一个不屈的灵魂，走进了一个充满自然、童真、母爱、乡情的无邪的世界，它会让我们感知生命的神奇与伟大、女性的柔美与坚强，更会让每一位读者去深思"生"与"死"的价值和意义。

与潘老师您的相识时日虽不长，但只要阅读您的诗，就可以深入地了解您的人。"诗言志"，从您的诗歌中能够一路探寻潘老师的人生历程、生命轨迹，让我们看到了一个对生活饱含满腔热忱、充满人生哲思、柔软又坚强的新时代女性形象。

莫泊桑曾说：人类的脆弱与坚强，都超乎自己的想象。潘老师，您就是用这种超乎想象的生命潜在力量，找寻了一条回家的路。

三年前，潘老师曾写过《回家》，如今，将本诗集的跋取名为《到家了吗》，这其中既含深意，又纯出自然和本真。因为在潘老师回家的这条路上，曾经有狂风骤雨，有猛虎侵袭，更有坎坷险途，但因为心中有梦，脚下就有力量，体内就会迸发出无穷的潜力，甚至在生死关头也能绝地重生。

这是一条孤独的路，这也是一条铺满荆棘的路，这同样也是一名勇士的必经之路！

因为有梦，您可以听到心灵深处的回响，听到梦想花开的绽放，听到了"七十不逾矩"而重归"文学之家"的召唤之声！

历经沧桑和磨难，通透彻悟后的人生，一下子产生了逆转式的奇迹，因为利他式的付出，因为深入地研读，更因为反思和实践，这条真正的文学之家的归程，一下子铺满了鲜花与掌声，这是实至名归的温暖，这是历经百炼后的芬芳，这也是赠人玫瑰的余香！

愿我们在潘老师的引领下，也能找到一条属于自己的回家之路，因为我们坚信：

梦开始的地方，就在不远处等着我们！

崇拜您的书友：珠珠

2020 年 4 月 26 日

四

亲爱的潘老师：

喜闻您要出诗集了！我是最高兴的。因为我是您诗歌的第一位读者，是把您的诗歌转化为声音的第一人——一位您所有诗歌的朗诵者。我是荣幸的，能第一时间触摸您的诗歌：体悟您的呼吸、您的冷暖、您的悲喜、您的远方。

"诗言志"，诗歌与散文不同，诗歌可能更多是写给自己的。所以，诗是很坦白的，诗的文字是随"心"而落下的。每每在诵读您的诗的时候，我就一步一步走进了您的心。从而，我的语调、我的音高、我的连贯、我的停顿，都随着您的"心"而自然抒发，渐渐融入于您的意境中，且诗止而情不止！

您已过了"古稀之年"，但您的诗，却是如此生机勃勃，令人叹为观止，令人欣慰生命的绽放！

深深祝福您，如此美好的生命状态！

吴慧英

2020 年 5 月 3 日

五

潘老师好：

好友芬华转来您的两首诗——《隐居》和《一个声音依偎着一个声音》，读后很有感悟。您的诗，有诗意，有画面感，诗情画意全有。

《隐居》：清幽灯光，正襟危坐，禅心阅读，仿佛遗世独立，羽化登仙，令人神往！其实潘老师正苦心孤诣，潜心钻研，把修炼成的正果，分享给书友（大众）。我也是受惠者，向老师致敬！

《一个声音依偎着一个声音》一诗，动情至今，难以忘怀。这首诗意境深远。肢体的依偎是有条件的，而声音的依偎犹如精神的依偎，可穿越时空而永恒。"依偎"，也许是诗作者妙语偶得，但必定是作者感情，刻骨铭心般的深厚、真挚而演绎成如此经典般的妙语——"依偎"，真正的富有诗情画意！

从潘老师的"依偎"到"隐居"，一个潘老师，不一样的画面，令人感慨！

一个退休教师：张老师

2020 年 5 月 5 日

附：父亲和我

如果一个女儿酷像他的父亲，不仅脸蛋，而且脑袋，那做父亲的就嘚瑟了。自己居然能拷贝出一个小小的异性"我"，时时对着欣赏，如镜中的花、水中的月，这是父亲的"小情人"。

我就是我父亲的复制品。父亲颇为自豪！

可我却有点儿委屈，总埋怨父亲，为什么把刻板的工程师式的"国字脸"基因给了我？人家女生要的是"鹅蛋脸"嘛！

据说，聪明人和蠢笨人，之所以聪明蠢笨，是在于细胞排列的秩序不同。而女孩多半随父亲，随其父亲细胞排列能力的优劣。这个结论，我有点赞同。我父亲就有将其聪明的"脑袋"，注入了我DNA里的能力。我虽不像父亲那样能懂多国语言，且满腹经纶，但起码淋漓尽致地继承了父亲"爱读书"的基因，让我受用一辈子，成了不蠢笨之人！

我是家里的长女，我们父女情愫源于"酒枣"。

从我记事起，就知道父亲爱喝酒，每晚都喝。在冬天，父亲喜欢用高粱酒浸红枣。而酒里的红枣，就是我的份。我的酒量就是这样被父亲培养出来的。

我曾经写过一首《酒枣》诗，勾勒了这样的画面：

"八仙桌上｜几碟｜母亲刚刚烧好的下酒菜｜桌边｜我踮着脚｜一瓶泡了许久的｜酒枣打开了｜香味｜夹着粉色｜飘向角角落落｜我｜贪婪呼吸｜一只大手｜将三个酒枣慢慢推向我｜一只小手｜将印着父亲柔柔目光的酒枣｜缓缓放进嘴里"

多少年了，我们父女俩就这样在酒桌上，谈天说地，家长里短，题材无限，谈资丰盛……哪怕我出嫁了，只要回娘家，只要有酒枣，场景依旧。

父亲的智商高出我N倍，他是毛纺专业，但也精通文史哲，烂熟中国地图，小时候的我，认为自己的父亲是无所不懂的。

父亲虽是独苗，但家境平平，也无书香氛围。所以，父亲说，他读大学的学费，有一部分是他在寒暑假期间用国画，画扇面卖钱赚的。而他的初高中学业里，有两次是靠其优异成绩跳级升学的。

我刚念初中，父亲就让我出任潘家的"国务委员"，参与家规制定。比如，如何处理家里的丧事。"厚养薄葬"，我与父亲高度同频。因此，早在20世纪60年代，潘家办丧事，就简化到没有任何殡仪馆的仪式，不收礼，不设灵堂，一张白底黑字的讣告，贴在家门口就完事了，整条弄堂的人，看不懂我家的规矩。又比如，择女婿也有一条硬标准：抽烟者，免谈。理由：我和父亲都不喜烟雾缭绕。

作为高级工程师的父亲，退休后婉拒了返聘，却当起了我的助理。那些年，我的事业在顶峰期，研究的课题不断切换，为此，父亲订阅了不少报纸，包括《参考消息》。为我节省时间，他替我读报，帮我粘贴剪报、收集课题资料、寻找新的研究视角。我的学术专著出版了，他在我的书旁边批注，以示需要斟酌的。

30 多年后的今天，我翻开父亲当年给我的剪报黏贴本扉页，刚劲的笔迹跳入眼帘：

"收集这些资料，希望能给您帮助。"落款：1989. 8. 7

悲欣交集！我。

父亲称女儿为"您"？是的，我在广州读书时，父亲来信，每每都是这样称呼我的。

> 慈父笔下书，
> 小女眸中泪。
> 斯人虽远去，
> 字字伴我行。
> ——永远珍藏父亲的剪报粘贴本

父亲很吝啬当面表扬我，记忆中只有两句话，一句是"你有把书包翻身的能力"，另一句是"你有蛋炒饭，饭炒蛋的本事"。前者是褒我有把知识转化为能力的本事；后者是赞我擅于把相同素材，从不同角度去整合的能力。

母亲走后，父亲就住进了养老院。最后半年，我们子女轮流去养老院陪护。我去的时候，父亲与我聊的最多的是古典文学与中外历史。一天，父亲突然背了一首唐朝诗人王瀚的《凉州词》：

葡萄美酒夜光杯，

欲饮琵琶马上催。

醉卧沙场君莫笑，

古来征战几人回？

随后考我：你知道这首诗曾经参加过外贸官司吗？我摇摇头。于是，父亲娓娓道原委。

曾经的常识是：葡萄酒的祖籍在法国。所以，当中国烟台的葡萄酒出口到法国时，被当地要求征收四倍的关税。理由就不言而喻了。可是，中国方面据理力争，说中国早于法国就有葡萄酒的酿制产品了。法国问，有何为证？中方拿出这首诗为证。法方一看，无语！最后只得按贸易规则，收 20% 的进口关税。唐诗，让后人赢得了国家专利！

此时，我眼中的父亲，又高大了一圈！

父亲很喜欢一首唐诗和一首宋词，90 多岁高龄了，还不止一次在我面前背诵：崔护的《题都城南庄》和陆游的《钗头凤·红酥手》，这两首古诗词，背后都有凄美的深情故事。可见，耄耋之年的父亲，铮铮铁骨里还流淌着细细的柔情。

我们的父女之情，不腻，但浓。心心相印！

什么叫心心相印？就是双方之间有某种感应。哪怕与对方隔着十万八千里。父亲在弥留之际，突然高烧40度，此时，一向不发烧的我，也跟着发烧了。半个多小时后，父亲自行退烧，心电图一条直线。于是，我也随之退烧了。这种感应，非本人所经历，怎会相信？因为理性知识对此无解。

父亲把生命中最后一股阳气，发到极致——40度，而后，无疾而终。这就是"优死"，有福之人！

父亲西行已十个多月，我感到落寞。
哭父亲：
"老爸，你赖皮，你与我说，要活到100岁的。可你却提早5年收工了。本想这几年，酝酿《老爸说》的写作，如今成了我永远的心头痛；

老爸，多么希望你能经常访问我的梦境，不需预约，无需敲门，我俩一起吟诗，一起面红耳赤地争论一个'诗眼'，而后两人仰天大笑；

老爸，你和老妈，乖乖的，不会再吵架了吧！不过，我们湖州话，即便吵架，也好听；

老爸，来世我俩仍做'父女'，我不再嫌弃你给我的'国字脸'，脸蛋不重要，脑袋才是魂。"

　　　　　写于2020年第一个没有父亲的父亲节

图书在版编目（CIP）数据

风中草/潘肖珏著. —上海：上海三联书店，2020.10
ISBN 978-7-5426-7104-2

Ⅰ.①风…　Ⅱ.①潘…　Ⅲ.①诗集－中国－当代
Ⅳ.①I227

中国版本图书馆 CIP 数据核字（2020）第 122115 号

风中草

著　　者 / 潘肖珏

责任编辑 / 徐建新
特约编辑 / 姚冰淳　张　亓
书名题字 / 吕　军
装帧设计 / 徐　徐
监　　制 / 姚　军
责任校对 / 张大伟　王凌霄　林志鸿

出版发行 / 上海三联书店

　　　（200030）中国上海市漕溪北路 331 号 A 座 6 楼
邮购电话 / 021-22895540
印　　刷 / 上海普顺印刷包装有限公司

版　　次 / 2020 年 10 月第 1 版
印　　次 / 2020 年 10 月第 1 次印刷
开　　本 / 787×1092　1/32
字　　数 / 150 千字
印　　张 / 10.625
书　　号 / ISBN 978-7-5426-7104-2/I · 1645
定　　价 / 50.00 元

敬启读者，如发现本书有印装质量问题，请与印刷厂联系 021-36522998